takahashi gen'ichirō

高橋源一郎

君が代は千代に八千代に

Kodansha Bungei bunko

目次

君が代は千代に八千代に

Mama told me

ヒロミの息子のケンジは五歳で幼稚園に通っていた。ケンジはヒロミをママと呼んでいた。ケンジはママが大好きだった。ママは繊細すぎてこの世で生きるのは困難なのだ。ケンジは幼児にありがちな正確な直感でそのことに気づいていた。幼児はたいていのことがわかっている。そのうち、みんな忘れてしまうのだ。とにかく、ケンジはそう思っていた。ぼくがママを守らなくちゃいけないのだ。

だから、ケンジはなんでも自分でするように心がけた。幼稚園にもひとりで行き、友だちを連れて家に帰り、おとなしく部屋で遊んだ。この日はヴィデオを見ることにした。ダイチくんの家でヴィデオを見るという手もあった。だが、ダイチくんの家で見られるヴィデオはディズニー英会話セットに限られていた。四十万もする英会話セットだ。ダイチくんの妹のキロロちゃんは三歳で日常英会話ならたいていできた。アイムファインサンキュー。ユーアウェルカム。でも、日本語はさっぱりだった。三歳なのに、パーパとバーバしかしゃべれなかった。ただし、それが日本語なのかどうか、みんなの意見はわかれていた。

パパを見るとパーパといった。ママを見てもパーパといった。ダイチくんを見てもパーパだった。ケンジだけはバーバだった。ダイチくんは首をひねっていった。

「なんで、お前だけ、バーバなんだ?」

ダイチくんの話では、いままでキロロちゃんがバーバと呼んだ人間は、ケンジ以外では去年死んだじいさんだけだった。そのじいさんは病院のベッドにくくりつけられたまま死んだ。じいさんの体からはたくさんのビニールの管、コード、その他が出ていた。家族は、ビニールの管、コード、その他をかきわけてじいさんと面会した。じいさんはゆっくり死んでいった。

昔はどうだったんだろう。もっと、メリハリの効いた死に方をしたにちがいない。最近はちがう。たくさんのビニールの管、コード、その他のせいで、それから、たくさんの抗生物質、磁気共鳴装置、破産しそうな健康保険組合、保険点数の誤魔化し、中心静脈栄養、その他のせいでゆっくり死ぬようになった。

人はゆっくり、ゆっくり死んでいく。だから、医者はなかなか「ご臨終です」といわないのである。ほんとうに死んだかどうか、医者にだってわからないからだ。

その時もそうだった。じいさんはどうやら死んだみたいだった。あの心臓の鼓動を示す波のピコピコしてるやつが平らになったのだ。医者はじっとモニターを見ていた。家族や親戚もやっぱりモニターに見入っていた。じいさんを見ていたのはダイチくんとキロロちゃんだけだった。平らになってから5分、10分、15分……。いったいなにを待ってるんだ？

父親と母親は顔を見合わせた。それから叔父と叔母が、それから大叔父と従姉妹が、顔を見合わせた。死んだんじゃないの？　さあ。20分……。痺れを切らした父親が医者に声をかけた。

「先生」

「なんです」

「死んだんじゃないんですか？」

「えっ？　あっ、ほんとだ！」

いったい、あの医者はモニターのなにを見ていたのだろう？　それとも、なにか考え事でもしていたのか？　まあ、そんなことはどうでもよろしい。キロロちゃんがバーバと呼んでいたじいさんが死んだだけのことだ。

それから、キロロちゃんによれば、食べ物はたいていがパーパだった。飲み物はダイエットコークを除いてみんなバーバだった。

「なあ、ダイチ。キロロちゃんってバカなの？」

「ちがうよ」

ダイチくんはムッとしていった。

「キロロはチエオクレなんだって」

だが、キロロちゃんはたいへん感じがよかった。結婚してもいいとさえケンジは思った。キロロちゃんはいつも笑っていた。キロロちゃんはたいへん幸福そうに見えた。そして、いつも笑ってダイチくんの後をついて歩いた。それからパーパかバーバだった。悪くない。それで用が足りるなら、言葉は少なければ少ないほどいい。

家に着くと、みんなでヴィデオを見た。ヴィデオはいくらでもあった。売るほどあった。みんなポルノヴィデオだった。ケンジのママはポルノ女優で、家にあるヴィデオの半分はママが出演しているやつだった。

ケンジはママの最新作を見ることにした。

テスト版という、まだヴィデオショップにも出回っていないやつだった。ケンジはヴィデオをデッキに入れた。

女優がふたり出てきた。ひとりはケンジのママで、もうひとりは単なるデブだった。ふたりはスリップだけになるとキスしはじめた。舌が猛烈な速度でお互いの口の間を往き来した。デブの方がスリップをはだけた。醜い肉の塊が飛び出した。なにもかもが醜いデブだった。うんざりだ。ケンジはそう思った。ダイチくんの顔は強張《こわば》っていた。そして、時々薄ら笑いを浮かべてケンジの方を見た。無理して笑っていることがケンジにはわかった。だから、幼児は誤魔化せないのである。

キロロちゃんはただニコニコ笑っていた。そして、時々テレビの画面を指さし「バーバ」といった。

「ふーん、これはバーバなの？」

キロロちゃんがいうのだから、そうかもしれないとケンジは思った。

キスが終わるとママが横たわり、デブが上になった。ママは大きく口を開けた。デブがツバを垂らしはじめた。なかなか出ない。デブは少し時間をかけて、口の中にたまるのを待ち、それからおもむろにママの口に流しこんだ。少しは智恵があるようだ。5分ぐらいツバを出しつづけると、デブはケンジのママと交代した。今度はケンジのママがツバを出す番だった。

「なにしてんだい」

心配そうにダイチくんがいった。

「ツバの飲みっこ」

ケンジは簡明に答えた。すると、キロロちゃんがいった。

「ツーバ、ツーバ」

ケンジとダイチくんは顔を見合わせた。

「おい、お前の妹、新しく言葉を覚えたぞ」

「ほんとだ！」

言語の獲得。それはどんな場合にも感動的である。

ところで、その間にもヴィデオの中ではある陰謀が着々と進行していた。ふたりの女は、つまりケンジのママとデブはスリップを着たままテーブルについて食事をはじめた。スパゲティ、牛乳、トマトとカボチャのサラダ、納豆、卵、ワカメの味噌汁。確かに奇妙な献立とはいえる。それから、なんだ？　ほうれん草をなんかしたやつもあった。あれは目立つのである。ケンジは眉をひそめた。それから起きることがだいたいケンジには予測できた。問題は耐えられるかどうかだけだった。

食事は淡々と進んだ。ふたりの女は無駄口をたたくことなく食べつづけた。それが終わると、ふたりはベッドに移動した。

ベッドは巨大なビニールシートでおおわれていた。今度はデブが下になった。ケンジのママの顔がデブの顔の真上にきた。デブは大きく口を開けた。ケンジのママは指を口に突っこんだ。うめき声があがった。**オゲエー**。こんな感じの音だ。あるいは、**ウォブワー**とか。多量の水分を含んだ、さまざまな食物と胃の分泌物の混合体が勢いよくママの口から飛び出し、デブの顔めがけて落下した。それはデブの顔を直撃した。デブは口をぱくぱく開け閉めしながら、できるだけ多くをその中にとりいれようとした。たちまち、デブの目、鼻、および口の周りはママの吐瀉物で一杯になった。牛乳の白、味噌汁の茶褐色、トマトの赤、ほうれん草のグリーン、ワカメのダークグリーン、しかしこれはいったいどういう色彩感覚であろうか。ママがまた指を口に突っこんだ。**ボゲェエ**。ママの口からなにかが噴出した。噴出。まさに、その通り！　間歇泉から迸《ほとばし》る温泉の如きスピードだった。

「ケンジくん」

ダイチくんが真っ青な顔でいった。

「トイレ、どこ？　ぼく、気持ち悪くなっちゃった」

ケンジは黙ってトイレの方角を指さした。ダイチくんは肩を上下させながら、足をひきずってトイレに入った。**ヴォゲへ！**　トイレでダイチくんが吐いている音が聞こえた。吐き終わるとダイチくんが戻ってきた。やっぱり顔色は悪かった。画面の方は相変わらずだった。デブとママが交代していた。今度はデブが吐く番だった。デブはじらすように口をモグモグさせていた。さっき、ママの口から出たやつを口の中で味わっているのだ。それからおもむろに、ママの口に向かって吐いた。**ゴゲェェへ！**

また、ダイチくんが立った。今度は黙ったまま走ってトイレに入った。入ると同時に、**オグォオ**という苦しそうな声が聞こえた。大丈夫かな。ケンジは若干心配になった。便器に顔を突っこむ前に吐いちゃったんじゃないかな。だったら、あとで掃除しないとママに怒られてしまう。ダイチくんが戻ってきた。目が潤んでいる。

「ゲロでトイレ汚すなよな」

ケンジは落ち着き払っていった。

「ケンジくん……」

しゃべりながら、ダイチくんの視線がテレビの画面に戻った。今度は……今度は、また逆になっていた。ケンジのママが上で、デブが下。ただし、ふたりの顔はきわめて接近していた。5センチぐらいだ。デブが口を開けた。ママが指を口に突っこんだ。**ガヴォッ！**　**ギュブウッ！**　なるほど5センチならほとんどが口に入る。だが、量が多すぎた。半分は入ったが、そうとうの部分が鼻の穴に入った。あの距離だ、逃げようがない。デブがむせた。その拍子にデブの口から、ゲロが噴き上がった。噴き上がったとしかいいようがない。**ゴボッ！**　**ゴボボッ！**

ダイチくんはふらふらと立ち上がった……違った。トイレから戻ってきて、まだ座っていなかったのだ。ダイチくんが訴えるような目つきをした。すがるような目つきでもあった。五歳にして孤独を知った目だった。

「ゲロ吐くなら、トイレ！」

それは有益な助言だったが、あまりに遅すぎた。ダイチくんは両手で口をおさえた。**オボッ、ヴォヴォヴォヴッ！**　ダイチくんの両手の間から薄く黄色く濁った汚らしい液体が溢れ、床に零れ落ちた。それに続いて臭いがやって来た。なんとも表現のしようのない最低の臭いだった。腐った肉、腐ったタマネギ、腐った世界そのものであるような臭い。思わずケンジは立ち上がった。不意打ちだ。映像は平気だが、臭いはダメなのである。トイレへ行くひまなんかありゃしない。

ケンジも両手で口をおさえた。体のいちばん奥からＮＡＳＡのロケットのようにそれが迸った。

ダイチくんはびっくりしたような目でそれを見ていた。純真で疑いを知らぬ目で。すると、またしてもゲロを吐いた。いったい、どこからそんなに出てくるのか？

ふたりの少年はお互いを見つめながらいつまでもゲロを吐きつづけた。それはまるで会話を交わしているようにも見えた。問題はふたりの真ん中に座っていたキロロちゃんだった。キロロちゃんは頭からゲロを浴びていた。その様子はお姫さまのようでもあった。そして、彼女はきわめて上機嫌だった。まあ、彼女はいつも上機嫌だったのだが。

「ゲーロ」

キロロちゃんがはっきりといった。

「ゲロゲロ」

「また言葉を覚えた！」

ケンジは感嘆したようにいった。

「お前の妹、この家に来てからどんどん進化してるみたい」

ケンジとダイチくんは、猿から人への進化にも比すべき、途方もない進化の目撃者であった。

ところで、その時、部屋のドアが開いて、ひとりの男が入ってきた。男の名前はヒラタだった。ヒラタは目の前に展開されている情景を見た。子供がふたり立ったままゲロを吐いていた。そのゲロの海の真ん中に、ちっちゃな女の子が座って、ニコニコ笑っていた。ニコニコ笑いながら、ちっちゃな口からやっぱりなにかを噴出させていた。それから、テレビの画面では女優がふたり、料理をはじめていた。材料は自分たちの吐いたものだった。

革命前夜だ！

ヒラタはそう思った。そんな気がした。気がしただけだった。そして、急に恥ずかしくなった。おれはまだ治ってないのかもしれない、と思った。ヒラタは深呼吸した。そして、もう一度、目の前で起こっていること、起こりつつあることを見た。

「あまり汚すなってば」とケンジはいった。そして、そういいながら、ケンジはまた盛大に吐いた。それではちっとも説得力がないじゃないか。

「……………」

なにもいわずに、ただ黙って、ダイチくんは嘔吐衝動に耐えていた。めまいがしそうだった。キロロちゃんは床に吐かれたものの中から興味深いなにかを探しだすと、興奮して叫んだ。

「ピーマン！」

一方、テレビの中のふたりは、吐いたやつを集めてミキサーに入れることに熱中していた。その横に小さなボウルがあって、中にはミミズが入っていた。ケンジのママがボウルをカメラの方に向けた。そいつらは逃げ出そうとして絶望的に蠢《うごめ》いていた。ママはボウルの中身をミキサーにあけた。それからデブがミキサーにまたがって、小便をしはじめた。

革命だ！　いや、**反革命**なのか？　いったい、どっちなんだ？　どちらとも判断すべき根拠はなかった。どちらでもないというのが正解なのかもしれなかった。その問題は先送りすることにして、ヒラタは子供たちをひとりずつ風呂場に連れていき、ゲロを洗い落とした。

ヒラタはゲロが平気だった。ゲロだけではない。たいていのものに耐えることができた。いや、その説明は間違っているかもしれない。長い長い醒めない夢を見ている。そんな感じだった。そこにゲロがある、という感じがしないのである。あるいは、そこにウンコがある、という感じもしない。

「つまり、**一枚の薄いヴェール**が世界とあなたの間にかかっているという感じですか？」

ヒラタをカウンセリングしてくれる医者は親切にそう訊ねた。そういうことはよくあるのだ。

一枚の薄いヴェール。そうかもしれない。ヒラタは医者が比喩を使ってしゃべっていることに気づかなかった。ヒラタの場合には「ヴェールがかかっている感じ」ではなかった。ヒラタのヴェールはそうとう強烈だった。なにしろ、なにもかもすべてにヴェールがかかっていたのだ。

一年前のことだ。ヒラタは独房のスピーカーから流れるベートーヴェンを聴いていた。交響曲9番の3楽章。天上の音があるとしたらこれだろう。ヒラタはそう思っていた。この曲を書いた時、ベートーヴェンは耳が聞こえなかったのだ。ドアがノックされ、刑務官が入ってきた。

「ヒラタか?」

「たぶん、そうだ」

「ついて来な」

ヒラタは刑務官の後について小さな部屋に入った。着替えさせられ、それから大きな袋を二つ渡された。4楽章の歓喜の合唱が聞こえた。**友よ**……。

「釈放だよ」

ヒラタは大きな袋をかついで、刑務所の外に出た。二十五年ぶりだった。ヒラタは刑務所の門扉に三十分ぐらい体を押しつけていた。一歩も歩けない。そんな気がした。足を出そうとするとすくんでしまうのだ。

守衛が気の毒そうにヒラタを見ていた。囚人はたいていそういう反応を示すものだ。釈放された後、三日も壁によりかかっていたやつもいた。半狂乱で扉を叩き、刑務所に戻ろうとするやつだっていた。

やがてヒラタは歩きだした。しばらく歩くと、賑やかなところに着いた。髪を染めたり、鼻にピアスをした男や女がいた。ここはどこだ？　刑務所で読んだSFの中にそんな光景があったような気がした。ヒラタはポケットの中の金を調べた。八千二百五十円。二十五年が凝縮した金だった。それでなにが買えるのかわからなかった。ヒラタはぐんぐん歩いた。道路に少年・少女たちが座りこんでいた。男どものズボンはみんな脱げ落ちそうなほど下がっていた。女どもはというと、これも全員がパンツ丸見えの短いスカートやワンピースで、爪を銀色に輝かせていた。

「じいさん、イケてるぜ！」

ヒラタはあたりを見回した。どうやら、それは自分のことのようだった。

「すごいファッションだな。なに、それ？　六〇年代風ってやつ？」

「バカじゃん、ホームレスよ、あれ」

ヒラタは彼らの前を足早に通りすぎた。後ろの方ではまだなにかを叫んでいた。その夜はカプセルホテルに泊まって、缶ビールを飲んだ。金属の味がした。というか、ＳＦの味だった。ベッドに横になるとえらく狭かった。独房よりずっと狭かった。手を伸ばすところになにもかもあった。テレビのスイッチ、電気のスイッチ。ヒラタは電気を消した。真っ暗になった。音さえしなかった。ヒラタは暗闇の中でいつまでも目を開けていた。

ヒラタは精神科の医者のところへ行った。他に行くべき場所が見つからなかった。

「だから、**一枚の薄いヴェール**が世界にかかっているという感じなんですね」

医者はそういった。そうではなかった。ちょっと違うのだ。いや、ぜんぜん違うような気もした。では、どういう感じなのか。ヴェール。ヴェールではない。とにかく、ヴェールではないんだ。だが、医者に文句をつけるのは憚《はばか》られた。

「なんでも話してみてください。リラックスして」

だから、ヒラタは話してみた。**革命、マルクス、社会主義と国有化**などについて。最初はイヤイヤ話していた。そのうち、自分でも驚くほど興奮してきた。なにをしゃべっているのかわからなくなるほどだった。

「面白い、面白いなあ、あなたの話は。きわめて興味深いですよ」

革命、**マルクス**、**社会主義と国有化**についてしゃべる狂人を医者は面白がった。たいへんユニークな存在だと医者は思った。医者の判断では、ヒラタは後退性の精神病だった。

現実を把握できなくなり、どんどん精神の奥の方へ後退してゆく。下がれば下がるほど、ヴェールがかかる。一枚、二枚、三枚……。下がって、下がって、下がって、ついには後ろ向きに舞台の下へ落ちるのである。

病院の帰りにヒラタはストリップ小屋へ寄った。客引きにひっかかったのだ。中に入ると男たちがいた。暗かった。そして小便と精液の臭いがした。もちろん、「ヴェール」の向こうにある感じではあったが。当然のごとく、舞台の上に次々と女が上がった。醜い女、痩せた女、胸が異常に大きい女、つけまつげが10センチもある女、性器が垂れ下がった女……。女が舞台に上がる度に、客席から男が上がった。そして、舞台の上で性交するのだ。女を見ているのか、性交を見ているのか、ヒラタにはわからなかった。

どの女も惨めな感じがした。それから、いうまでもなくどの男も。ヴェール越しではあったが、それぐらいはわかるのだった。

その中にひとりだけまともな女がいた。どちらかというと痩せていて、胸はなく、静かな感じがした。だが、目だけはいきいきと輝いていた。女を突き刺したのは舞台の下で狂ったように罵声を浴びせていた若い男だった。

「腐れマンコ!! もっと開けろ! ハメハメしてちょうだいっていってみろ! どブス! ここまで臭ってくるぞ! あそこにカスがついてんだろ、ちゃんと洗ってんのか!」

そして、客が舞台に上がる番になった。そこでは、女が男を指名できるのだ。男たちは我先にと手を上げた。いちばんうるさいのがその男だった。

「オレだろ、オレ！　その病気もちのオマンコを見に昼から来てたんだぜ！　クソ女！　オレを指名しろ！」

　他の客の中にはそいつに蹴り倒されたやつもいたようだった。客たちはひそひそ囁きあっていた。なんだよ、ありゃあ？　頭がオカシイんじゃねえのか。オレ、やだよ、なにされるかわかんないじゃん。で、結局、そいつが舞台に上がることになったのだった。どこかで見た男だと思ったら、ヒラタを診察した精神科医だった。

　舞台が終わると、ヒラタは劇場の裏で待った。女たちが次々と裏口から出てきた。最後に背の高い、ショートカットの、目のきつい女が出てきた。ジーンズをはき、薄いブルーのワイシャツを着ていた。化粧を落としていたが、あの女だとヒラタにはすぐわかった。交差点をわたって、女はバス停まで歩いていった。ヒラタはその後をついていった。女はバスに乗り、しばらくして降り、近くのコンビニに入った。ヒラタはコンビニの外で待った。女が出てくると、またヒラタは女の後からついていった。女がいきなり振り返った。

「なにか用ですか？」

　ヒラタは少し考えてから答えた。

「特に用はない。あんた……あんた、なにもかもヴェールがかかっているように感じることないかね？　**一枚の薄いヴェール**って医者はいってるけど」

「あら。あたしの医者もそういうわよ」

「あんたの医者って？　あんたも精神科医にかかってんの？」

「そうよ。今日も劇場まで来て、最後には舞台まで上がってきちゃったけど。ねえ、あんた、ストーカーじゃないのね？」

「ス……ストーカー？　なんのことだい」

「いいの。そうじゃないと思ったわ。あんた、他の男とは違うもの。ねえ、用ってヴェールのこと？」

「ほんとうはヴェールじゃないんだ。ただなにも感じられないだけなんだ。ヴェールなんてありゃしないよ」

「あたしもそう思うわ。あんた、名前は？」

「ヒラタ」

「あたしはヒロミ」

「なあ、おれが、**革命、マルクス、社会主義と国有化**とかの話をしたら怒るかい？」

「なんで？　あたし、その話、すごく聞いてみたい感じよ」

ヒラタとヒロミは自動販売機の缶コーヒーを飲みながら、そのまま立ち話をした。ヒラタは正直にいった。

「刑務所に二十五年いたんだ」

「あら、あたしは精神病院に三年入ってたわ。ほんとうはまだ退院しちゃいけないって、先生にいわれてるの」

「どこが悪いんだい？　イカレてるようには見えないじゃないか」

「あたしもそう思うけど」

「どっちかというと、他の連中の方がイカレてるような気がするね」

「でも、あたしには問題があるんだって」

「問題？　おれにだって問題はある。医者にも、そこらの若いやつにも。至るところ問題だらけさ」


十一歳になった時、ヒロミは時期が来たと思った。もう子供は卒業だと思った。ラヴホテルのあるあたりまで行き、男を待った。何人かの男が声をかけた。十一歳だとわかると、みんな顔をしかめて去っていった。夕方になり、大きなベンツが音もなく近づいてきた。スモークガラスが下がって老人が顔を出した。ヒロミは十一歳だといった。悪くない。老人はいった。老人はヒロミを連れてラヴホテルへ入った。ヒロミは裸になった。悪くない。老人はいった。うつぶせになってごらん。だから、ヒロミはうつぶせになった。老人は後ろに回り、肛門に挿入した。その代わり二十万円もらった。それから月に二回、老人と会った。いつもうつぶせで、いつも肛門だった。そして、その度に老人は十万円くれるのだった。小学校を卒業する時が来た。もうこんなことは止めた方がいい。老人はそういった。もっとまともな男を紹介してあげよう。老人は、ヒロミをあるテレビ局のプロデューサーのところに連れていった。以来、老人を見かけたことはない。そのプロデューサーは、ヒロミとバスルームに行くと、小便をかけてくれといった。バスルームに寝そべる男の上にまたがって、ヒロミは小便をした。男は十万円くれた。やはり、月に二回、男のところに行って、小便や大便をした。一緒に飲んだり食べたりもした。それが一年続いた。ある日、男はいった。こんなことばかりさせているわけにはいかん。わたしがいいやつを紹介してやる。その男が紹介してくれたのは、ある有名な女優だった。その女優は少女が好みだった。ヒロミはその女優と裸で抱き合った。しまりのない、白い、たるんだ肉体だった。女優は双頭のバイブを腰に装着してヒロミの処女を破った。そして、百万円くれた。

「そういうところに問題があるんだって」

ヒラタは頭をふった。なぜか**革命**という言葉が思い浮かんだ。

ヒロミはヒラタを家に連れて帰った。家には幼い子供がいた。名前はケンジといった。その子供もいい感じだった。物おじということを知らなかった。そして、たいへん愛想がよかった。大人ぶったりしない、実に子供らしい子供だとヒラタは思った。夜が更けて三人は川の字になって寝た。真ん中がヒロミだった。

ヒラタはなかなか寝つけなかった。独房で二十五年、それからはずっとカプセルホテル。すぐ横に他人が寝ているという感覚がヒラタを落ち着かなくさせていた。

熱い手がヒラタの手を摑み、ヒロミの身体へ導いた。ヒロミは裸だった。なにも身につけていなかった。肌は柔らかく、湿り、そしてぴんと張っていた。ヒロミの囁く声が聞こえた。

「ねえ、ずっとしてないんでしょう?」

ヒラタは小さくうなずいた。

「する?」

ヒラタは考えようとした。なにを考えようというのか、おれは? **革命、マルクス、社会主義と国有化**。そういうことがまた頭を駆けめぐった。それからヴェールの如きもの。二十五年。小さく呟くようにヒラタはいった。

「今日はいいよ」

「わかったわ」

それから少しの間、ヒラタは寝たようだった。浅い眠りだった。そして、目覚めた。最初のうちはどこにいるのかわからなかった。独房か、ここは? 洗濯したばかりの枕カバーとシーツの匂いが心地よかった。

女の喘ぐ声が聞こえた。布団の上にヒロミの裸の身体があった。ヒロミは大きく股を広げていた。腹の筋肉が盛り上がっていた。脚の間になにかがあった。そのなにかは、ケンジだった。ケンジも裸で、ヒロミの股の間にうつぶせになっていた。ケンジの口の中から舌が出ていた。舌が上り、そして下った。その度にヒロミの性器が見えた。開いたり閉じたりしていた。ぼんやりした明かりに照らされた陰毛がオレンジ色に見えた。

問題は**一枚の薄いヴェール**だった。医者は確かにそういった。だが、おれはそうは思わない。ヒラタは目を閉じた。朝まで、まだ時間はたっぷりあった。

（初出「文學界」二〇〇〇年一月号）

Papa I love you

男には七歳になる娘がいた。娘は母親に似て美しかった。目はこぼれ落ちそうなほど大きく、白目はほとんどなくて大部分がアーモンド型の瞳だった。真っ黒な睫毛は1センチ5ミリもあって、付け睫毛としか思えなかった。そしていま身体は空に向かってぐんぐん伸びつつあった。人間は一様に成長するのではない。タテ、ヨコ、タテ、ヨコと交互に大きくなってゆく。その度に、痩せたり、太ったり、また痩せたり、太ったりするのである。

そういうわけで、娘はいまや細く、長く、なりつつあった。さらに、美しくなりつつある、と付け加えてもかまわなかった。

娘は男の膝の上に座っていた。ピンクの短いスカートから脚がのぞいていた。将来有望な脚だった。そればかりか、その奥にスカートよりやや薄いピンクの毛糸のパンツさえ見えた。男の頭の中に**近親相姦**という言葉が浮かんだ。その時だけではない、年がら年中その言葉が、文字通り頭に浮かぶのだ。

医者が生まれたばかりの娘を手渡した時、男はつい、陰部を見てしまった。わざとではなかった。なんとなくイヤな予感がした。だから、目をそむけようと思っていた。だが、視線は男を裏切ったのである。

割れ目があった。タテ一本の筋の如きもの。その瞬間、**近親相姦**という言葉が浮かんだのだ。いちばんびっくりしたのは当人だった。

誓っていう！　そんな気はありません！　神さま、ほんとですってば！

医者は怪訝な表情をしていた。

「どうかしましたか？　可愛いお嬢さんですよ」

男は曖昧な表情を浮かべて、その、生まれたばかりの赤ん坊をうけとった。

近親相姦。

違う！　**おれはそんなことは考えてない！**　絶対に！

もちろん、男はそんなことを考えてはいなかった。自分の娘と性交しようなどと思ったことは一度もなかった。

「じゃあ、なにを悩んでるんだ？」

思い余って、男は親しい友人に打ち明けたことがあった。

「だいたい、どんな男にも潜在意識の中に、自分の娘や母親と性交したいという癒しがたい欲望があるもんだよ」

「おれにはないよ」

憮然とした調子で男はいった。

「どうして、断言できるんだよ」

「おれにはないからさ」

「潜在意識の話だぜ」

「お前にはあるのか？　自分の母親とセックスしたいわけ？　お前のところ、娘が五人もいたよな。じゃあ、その全員とセックスしたいと思ってるわけね。長女にフェラチオさせて、次女のあそこを……」

「ストーップ！　あんた、どうかしてるぜ。おれがいってるのは潜在的な欲望の話じゃないか」

男は誤魔化されなかった。潜在的とかなんとか、そんなあやふやな話にのるのはおつむが弱いやつだけなのだ。それはいったいどこにあるんだ。見えるのか？　聞こえるのか？　プリントアウトできるのか？

ついこの間のことだ。「郵便報知」を読んでいたら、こんな記事があった。

「頃は明治十年の冬、所は鹿児島城山におきまして、彼の西郷隆盛が討死せしとは世間の空言、実は印度の一島に姿を隠しいたりしが、今度貴顕の招きに応じ、再び要路に立ち多年の宿志を達するに至るの顚末が事明細と、印行の冊子数十部を携え、大阪市街を大声に売り歩く者ありと、是は地球顚覆の虚説を信ずる如き呆然の族が多きを見て、更にまた此新案を思いつきしものならん」

西郷が生きてるわけないっつーの！　ちゃんと陸軍省が死亡も確認してんだよ。こういうやつがクレスベール証券のインチキ債券なんかにひっかかるのだ。

近親相姦という言葉がはじめて頭に浮かんだ後、男は自分の内心を何度もじっくりと探ってみた。もちろん、いくら調べても娘と性交したいという気持ちはカケラもなかった。コンマ以下だった。まるでなかった。ゼロだった。男は晴々とした気持ちで、赤ん坊をベビーバスに入れた。それでも用心して、下半身を見ないようにした。赤ん坊は嬉しそうにキャッキャッと笑い、手足をバタつかせた。湯面が揺れた。あそこが見えた。その瞬間、また頭の中に言葉が勝手に浮かび上がった。

近親相姦。

男は赤ん坊を湯の中に落とした。男の妻が悲鳴を上げた。

「違う！」男は叫んだ。

「なにが違うのよ！」男の妻は湯の中に沈んだ赤ん坊を救出しながらいった。

「だから違うんだよ」

もちろん、なにが違うのか男の妻にはわからなかった。ただの言葉ではないか。男はそう思おうとした。**近親相姦**。ふふん。

男はよちよち歩きをしはじめたばかりの娘を連れて近所の公園に出かけた。いわゆる公園デビューというやつだ。公園には母親たちが子供を連れて来ていた。犬をつれて来ているやつもいた。犬と子供の両方を連れて来ているやつもいた。母親たちはみんなブランド物の服を着ていた。子供たちもみんなブランド物を着ていた。犬も……犬もみんなブランド物だった。母親たちはベンチに腰かけ、なにやら話しこんでいた。笑うと矯正した白い歯が光るのだった。子供たちは小さく固まって砂場で遊んでいた。砂で城をつくり、機関車をつくり、馬に乗った乃木大将と旅順を封鎖した巡洋艦「千代田」をつくり、最後にはみんな壊した。砂に向かって小便している子供もいた。その砂を食べている子供もいた。違った。別の子供に無理矢理食べさせられているだけだった。

やがて、ひとりのホームレスがよろめきながら現れた。老いぼれで頭にチョンマゲの残骸をのせていた。いや、チョンマゲではなく、ただ髪が垢と脂で固まっただけかもしれなかった。そいつは酔っぱらっているのではないかと思えるほど、身体がグラグラしていた。止まる寸前のコマみたいだった。手にコンビニのビニール袋を持ち、三歩ごとに立ち止まって足元のタバコの吸殻を拾っていた。目はつぶれていた。いや、ひどい目脂《めやに》ですっかりふさがっていた。なのに吸殻のある場所だけはわかるのだ。母親たちが鋭い声で子供たちを呼んだ。子供たちは慌てて母親の待つベンチに走った。一人だけ砂場で泣き喚いている子供がいた。さっき砂を食わされていたガキだった。別の母親がその惨めに泣きじゃくっているチビの腕を引っ張って連れていった。母親が無理やり引きずるのでチビの身体は無力な人形のようにぐらぐら揺れた。そして、砂場には誰もいなくなった。砂の東郷元帥だけがひとり戦おうとしていた。**元帥は手を上げてロシア艦隊が来る方向を眺めていた。**ロシア艦隊の代わりにホームレスが近づき、砂場の中に侵入した。一本だけ吸殻があった。吸殻は小便で濡れていた。老いぼれは吸殻を拾って袋に入れた。その様子を母親たちは厳しい視線で眺めていた。公園を沈黙と緊張が支配した。老いぼれはさらに母親たち、子供たち、犬たちに近づき……やがて遠ざかっていった。公園のトイレの横にある段ボール製の彼の家に向かって。

　緊張が緩んだ。母親たちがまた話しはじめた。子供たちは走って砂場へ戻った。犬たちもキャンキャン鳴きながら、狂ったようにそこらを走りまわりはじめた。

　母親たちのひとりは、二十八歳の元キャンギャルで、結婚五年目で、亭主は歯医者でサーフィンが好きな三十二歳の色黒の美男子に違いなかった。もちろん、その元キャンギャルも週末は子供を実家にあずけて亭主と一緒にサーフィンに行くに決まっていた。そして時々、亭主の目を盗み、昔つきあっていた亭主のサーフィン仲間と精養軒ホテルで昼飯をとってからセックスしたりしているのだった。その隣の、眉と眉の間に小さな黒子のある、元ナレーターコンパニオンの小柄のセミロングは二十九歳で、見合いで結婚した亭主は単身赴任で滅多に帰ってこないのだった。仕方ないので、しょっちゅうテレクラに電話しているのだった。そして、ふたりは、老いぼれのホームレスを家に招待するのだった。ごはんでも食べません、とかなんとかいって。

「おいしい?」

「ああ、奥さん方、ありがとうございます、ありがとうございます。ほんとになんて親切な。こんなに美味いもの、ご維新《いっしん》以来、食べたことありません」

「ほら、あなた、サラダも食べなさいよ。あらあら、こぼしちゃって」

元キャンギャルは白いナプキンで老いぼれの口をふいた。元キャンギャルのデニムのミニスカートがめくれあがり、青白い太股がむき出しになり、それからその奥の白いパンティが見えた。目のやり場に困った老いぼれは反対側を向いた。元ナレーターコンパニオンの方の、身体のラインがはっきり見える薄いブラウスの胸元から巨大なおっぱいが半分近くはみ出ていた。老いぼれはそわそわしはじめた。出口を、希望《エクソダス》への脱出口を求めていた。元キャンギャルはいきなり老いぼれのチョンマゲを摑んだ。

「ねえ、これやっぱりチョンマゲよね」

「ああ……はい、そうです」

「ふーん、なんでこんなものいつまでもしてるわけ。なに考えてるの？　さっさと切ったら？　ダサイわよ」

「……そうです、そうですよね」

老いぼれは俯いていた。顔を上げる勇気がなかった。老いぼれは、自分がなにかとんでもない陰謀に巻きこまれつつあることに気づいた。

「ねえ、どうなさったの。ほら、シチューはいかが」

「ああ……はい」

「あら、あら、汗びっしょり。暑いのかしら」

「はあ……いえ……ちょっと」

元キャンギャルは老いぼれの上着をはぎとった。垢やら汗やら脂やらもろもろの分泌物やら涎やらでゴワゴワと固まった、そのシャツのようなものが床に落ちた。むん、と蒸れるような臭いが漂った。今度は、元ナレーターコンパニオンが肘で机の上のジュースをわざとこぼした。老いぼれの股のあたりがぐしょぐしょに濡れた。

「まあ、おじいさん、しっかりなさいってば。耄碌《もうろく》してるのね、かわいそうに。でも、気にしなくていいのよ」

「そうよ。それじゃあ、気持ち悪いでしょう？　早く脱ぎなさいな」

「なにを遠慮してるのかしら。お股が濡れても平気なの？　それとも、年中おねしょしてるから平気なのかな？」

「なにしてんの？　あんた、口を開けてぼんやりしてると、バカみたいよ。脱ぐか、食べるか、しゃべるかしたら？」

老いぼれの目には涙が一杯たまっていた。もう一言なにかをいわれたら溢れだしそうだった。どうもうますぎる話だと思った。悪い予感がしたんだ！

老いぼれは元キャンギャルと元ナレーターコンパニオンに両側から挟まれていた。身動きできなかった。少しでも身体を動かすと、どちらかのおっぱいにぶつかってしまうのだ。進退きわまったというやつだ。元キャンギャルが老いぼれの耳もとに唇を寄せた。

「えっ？……えっ……？」

老いぼれは元キャンギャルから逃れようと顔をそむけた。今度は元ナレーターコンパニオンが耳もとで囁いた。

「ああ……そんな……」

「ねえ、どうなの？」

「どうなのって……」

「だから、いま、いったでしょ」

「奥さん方、どうか、老人をからかわないでください」

「答えになってないわよ。わたしがいったのが聞こえなかったの？」

「申し訳ありません……耳が遠いもので」

「じゃあ、大きい声でいったげるわよ。あんた、**おまんこ**したい？」

「ああ……聞こえません……聞こえないんです……どうかしてるんです、奥さん方、許してください……どうか」

「まだ聞こえないっていうの？　あんた、耳クソが中でかたまってるわけ？　わたしはね、**おまんこ**っていったの！　よく、聞きな、**おまんこ**したいかって聞いてんのよ！」

「えっ……ああ、ああ……ああ、お許しを……哀れな老いぼれをお許しください」

　その老いぼれは早く公園のマイホームに戻りたかった。そして、湿った毛布にくるまって心ゆくまで吸いさしのタバコを吸いたかった。賞味期限の切れたローソンの弁当を大事にとってあるはずだった。どこかの酔っぱらいが公園のトイレの朝顔の上に忘れていったワンカップ大関も二本あった。どうして、それで満足できなかったのか。涙が止まらなかった。

　元キャンギャルはさらに大胆な一歩を進めた。露《あらわ》になった太股を老いぼれの脚の上に乗っけたのである。

「ほら、触ってみな。触っていいっていってんだよ。もう三十年ぐらい触ったことないんじゃないの？」

「おお……おおおお……」

老いぼれの口から意味のない音の繋がりが出てきた。元ナレーターコンパニオンがブラウスをはだけて片方のおっぱいを老いぼれの口に突っこもうとしていた。

「なめなめしてごらんよ、赤ちゃん。おいちーでちゅよー」

元ナレーターコンパニオンはゲラゲラ笑いながらいった。元キャンギャルは元ナレーターコンパニオンを突き飛ばすと、老いぼれの首に抱きつき、その唇に自分の唇を重ねた。

地獄だ！　老いぼれはそう思った。ずっとそう思っていた。この世界は間違ってる。セックス、セックス、セックス。みんな、セックスのことしか考えていないのだ。公園の「燃えないゴミ」のゴミ箱に入っている雑誌の記事はほとんど全部、セックスのことばかりだった。元ナレーターコンパニオンは老いぼれの腕を摑むと、むんずとばかりスカートの奥へ招き入れた。老いぼれは割れ目に触れた。そこは少し……いや間違い……ぐっしょり濡れていた。老いぼれは苦しがって自由な方の腕を振り回した。唇が女の唇でふさがっていたからだ。掌が元キャンギャルのおっぱいに当たった。その瞬間、老いぼれは触ってしまった、というか摑んでしまった。そのおっぱいを。なにがなんだかわからなくなっていた。もうひとつの掌は熱い泥濘をかき回していたのだ。誰だって混乱するじゃないか。

「どすけべ！」

元キャンギャルはいきなり老いぼれを殴り倒した。老いぼれはフローリングの床に仰向けに倒れた。口の中に血が溢れた。塩辛い味がした。

「お許しを……お許しを……」

「変態！　あんたなんかねえ、殺しちゃっても平気なんだよ。親切に食事を恵んでやってたら、突然、襲いかかってきたんだよ。あたしたちをレイプしようとしたんだよ。わかる？　恩知らずのホームレスの性犯罪者！」

元キャンギャルは着ていたダンガリーのシャツをボタンごと引きちぎった。ゲラゲラ笑いながら、元ナレーターコンパニオンもブラウスを引きちぎった。それからふたりはおもむろにパンティを脱ぎ捨てた。

長生きするんじゃなかった。それぐらいわかっていた。はじめて駅の構内で寝泊まりするようになった頃のことを思った。新聞紙を身体にまきつけると凍《こご》えずに眠れることに気づいた時のことを思った。それから、公園のベンチで眠ると朝は決まってベンチの下で目を覚ましたことを。なぜ、落ちたことに気づかなかったのだろう。その謎はいまもとけなかった。

元キャンギャルは優雅な動作で老いぼれの顔を跨いだ。老いぼれは目脂で塞がった両の目を懸命に見開いた。長い、長い、真っ直ぐな、ギリシャ建築の円柱の如き脚が聳えたっていた。そして、その遥か彼方、涙で霞んだあたりに渦巻く毛が見えた。その奥には性器があった。生まれてはじめて見るもののように新鮮だった。それは堂々としていて少し開き、なぜか小さな蕾までくっきり見えた。

「ゴミ」

　上の方から声が聞こえた。

　それはほんとうだった。もっとずっと前に知るべきだった。つらい子供時代だった。青年時代はずっと飢えていた。結婚もしなかった。子供もいなかった。つきあった女なら、何人かいた。だが、どんな顔でどんな性格だったか、もうなにも思い出せなかった。なにか楽しいことがあったろうか。寺子屋で字がうまいとほめられたことを老いぼれは思い出した。それから……それから……。

「あんた、もう終わってんのよ。わかる？　なんにもないのよ。ゼロなの」

　下半身の方でなにかがはじまっている気配があった。老いぼれは強烈な勃起を感じた。はっきりと断言はできなかったが。そして、その凄まじい勃起が、きわめて熱く粘っこく震動するなにものかにくるまれ、時にはきつく締められたりしているような気さえした。胸の中は干からびて空虚だった。なにもなかった。なぜなら、もうずっと前に終わっていたからだ。どこから出てくるのか、涙が次から次へと溢れだした。

「クズ。ほら、なめんだよ」

　それは老いぼれに向かってゆっくりと下降しつつあった。**神々しいなにかの降臨のよう**

だった。ぐんぐん近づいてくるそれを、老いぼれは恍惚と見つめた。それは禍々しいほどに赤く、きらきらと光っているようにさえ見えた。立派で、威厳があって、生きもののように蠢いていた。

「パッパ」

娘の声で男は我に返った。男は公園にいて、娘と手を繋いでいた。ベンチでは母親たちがおしゃべりに夢中になっていた。子供たちは砂場にいて、小便をしたり、他の子供に砂を食わせたりしていた。そして、老いぼれは段ボールの中で吸いさしを吸っていた。

「パッパ？」

娘は不思議そうな顔で男を見つめていた。言葉はほとんどしゃべれなかった。だが、なにを感じているのか、その表情とちょっとしたアクセントの違いで男にはすぐわかるのだった。

「ごめんな。ちょっと、ぼんやりしていただけだよ」

「パッパ」

「そうとも。お前のことを片時も忘れたりはしなかったよ」

「パッパ！」

男は娘の手をひいて歩きはじめた。なるほど。男は思った。**そういうことか**。男はひとりで頷いた。あの間、あのことを考えている間、あんなことが頭に浮かんでいる間は大丈夫だった。あの言葉、思い出すのも汚らわしい、あの不吉な言葉を一度も思い出さなかったのだ。男は微笑んだ。なるほど。

だから、男は、他のことを考えることにしたのだった。他の、口に出すことも、また書くのもはばかられるようなことを。そうすれば、**近親相姦**という言葉が頭に浮かぶ心配はなかった。しかし、いつ考えればいいのか、それが難しかった。その言葉はいつも不意打ちのようにやって来るからだった。

娘は男の膝の上に座っておとなしくテレビを見ていた。小さく華奢なその身体からはミルクの匂いが漂ってきた。

「パッパ?」

「なんだい」

「あの女の人はどうしてあんなに泣いてるの?」

「それはね、亭主が浮気をして、おまけに性病をうつされたからだよ」

「じゃあ、こっちの男の人はどうして怒鳴ってるの?」

「それはだね、女房がパチンコに狂っていて、朝パチンコ屋に入ったら夜まで帰ってこないし、生活費まで全部使いこんじゃって、とうとうパチンコ屋の客相手に売春をはじめたからだよ」

「ふーん。じゃあ、こっちで女の人と男の人が喧嘩してるのは？」

「男の人はね、そもそも亭主が浮気をはじめたのは、女房が絶対にフェラチオなんかしたくないといい張ったからで、責任は女房の方にあるといってるんだよ。で、女の人の意見としてはね、亭主は帰ってきても『風呂、飯、寝る』しかいわないし、たまの日曜も朝から競馬場に行って夜まで帰ってこなくて、退屈で死にそうだったんだから、亭主の方が責任をとるべきなんだそうだよ」

「どっちの人が正しいの？　男の人？　それとも、この化粧が濃い女の人？」

「どっちも正しくなんかないんだよ。だって、この番組はやらせなんだから。女房も亭主もテレビ局に雇われた売れないタレントなんだよ。そのことをね、出ている人はみんな知ってて、それで喧嘩のふりをしてるわけ」

「へえ」

　娘はきらきら輝く瞳で男を見つめた。

「パッパ？」

「どうかしたかい？」

「あたしもあの人たちみたいにおどったり、歌ったりしたいの」

「どうして？」

「だって、楽しそうなんだもの」

「でも、ほんとうはちっとも楽しくなんかないんだよ」

「そうなの？」

「ああ。番組が終わってホテルに帰るとね、あの子たちはボスから呼び出されるんだよ。そして、ボスの部屋へ行くと、ボスはあの子たちに裸になるよう命令するんだ。そして、ボスはあの子たちのおちんちんをペロペロなめたり、自分のおちんちんをなめさせたり、時には自分のおちんちんをあの子たちのお尻の穴に突っこんだりするんだよ」

「まあ！　あたし、そんなのイヤだな」

「そうだろう？　あの子たちはけっこう憂鬱な日々を過ごしてるんだよ」

「パッパ！　パッパ！」

「どうしたんだい。なにか欲しいのかい、可愛い赤ずきんちゃん。パッパがキティちゃんのカップにオレンジジュースを入れてきてあげようか」

「いいの。ねえ、パッパ。この人がしゃべると、どうしてみんな立ち上がって拍手したりするの？」

「それはね、この人がえらい政治家で、味方のような顔をしていると、あとでいいことがあるかもしれないからだよ」

「じゃあ、あたし、こういう人のお嫁さんになりたいな。あとでいいことがあるんでしょう?」

「こういう人のお嫁さんになるのは止した方がいいとパッパは思うね。だって、この人はね、ちゃんとお嫁さんがいるのに、執務室に若い女を連れこんで『チャックを開けろよ、このすべた』っていうんですからね。『ほら、お前の好きなデカいやつだ。ちゃんと筋もなめるんだよ！　皮をめくって！　それじゃ、ダメ！　強すぎる！　もっと、ソフトに！ああ、それからたまたまを触ることも忘れちゃいかんよ』ともいうんですよ。すると、若い女の人は嬉しそうに『ダーリン、だってあんたの大きすぎて喉にあたるの、むせちゃうわよ』っていうんですね」

「ふーん」

「そういうことをいわれると男はたいてい嬉しいものだから、この人はますます調子に乗ってですね、『淫売！　ただなめてるだけじゃないだろ！　あそこを見せろ！　お前のその汚らしいやつを！　おれをもっと興奮させてみろ！　わかったか！　思いきり股を開け！』というわけなんですよ」

「あなた！」

妻には男が理解できなくなっていた。そういう男ではなかった。妻の知っている男は、インテリで、いつも高尚なことしかいわなかった。帝大を史上最年少で卒業して、ドイツに留学し、官僚の最高峰にまで登りつめようとしている自慢の亭主だった。ところが、娘ができてから男はすっかり変わってしまったのだ。

「そんなことをこの子にいわないで!」

「なんだって? なにをいっちゃいけないって?」

「いったいいくつだと思ってるの? まだ七つなのよ」

「おれがいつ間違ったことをいった?」

「間違ってるなんていってないわよ。正しかろうが間違ってようがそんなことどうだっていいのよ。言葉なのよ! この子の前で変な言葉を使わないで! そんな言葉をいまから覚えてどうするの? 人前で使ったらどうするのよ!」

「変な? どのことをいってるんだ! フェラチオか? 性病? おちんちん? コンドーム? 梅毒か? それとも、中出しか? 上品な奥さん、どの言葉が気に入らないってわけですか?」

「どれもよ! あなたがいう言葉はどれもおかしいのよ! わたしの子供の前で『アヌス』とか『きんたま』とか『びらびら』とかそんな下劣な言葉を使わないで!」

「じゃあ、なにをしゃべれっていうんだ?」

「あなたが……あなたが……ふだん考えているようなことでいいじゃないの」

おかしなことをいうやつだ。男はそう思った。男がしゃべった言葉は、男がふだん考えていることのほんの一部、男の想像力が作りだした世界のごく一部、毒を抜き、殺菌して、その結果まるで奇麗事になってしまったイメージの世界の断片にすぎなかったからである。妻はその男の顔をまじまじと見た。なにもかも変わってしまった。すっかり下卑た顔になってしまった。だいたい、目が虚ろだった。目の前にいるのに自分を見ていない感じがするのだ。結婚した頃はそうではなかった。この男の目にはちゃんと自分が映ってた。そういう目だった。いまではどうだ。なにも映ってやしない。妻はまた、男が自分と性交している時の顔を思い出してみた。いや、やっている時、うっすら目を開けてみたのである。男もまた目を開けていた。尋常な目つきではなかった。その目はやはり自分を見てはいなかった。なにかもっと別の、想像したくもないなにかに見入っている目だった。

夏の午後だった。いや、春だったかも。わからん。男は娘の手をひいて道を歩いていた。どこにというあてがあったわけではない。なんとなく歩いていただけである。男の行動はおおむねそのようなものであった。

「パッパ?」

「なんだい」

男は優しく答えた。

「ううん。なんでもない」

男は娘を見た。色が抜けるように白かった。娘の背はさらに伸び、細く、長くなった。

と同時に、その美しさもまた常軌を逸したものになりつつあった。ふたりで歩くと、みんなの視線が娘に吸い寄せられるのがわかった。まるで磁石に引き寄せられる砂鉄の如くであった。通りすがりの中学生が、いきなり立ち止まってアホみたいにぽかんと口を開けていつまでも娘の後ろ姿を見送っていたりすることもあった。

「パッパ、疲れてるの？」

「どうして、そう思うんだい」

「そんな気がするの」

その通りだった。男はだいぶ前から疲れていた。一つの言葉から逃れるために、あれやこれやと考えることに疲れていた。時々、もうそんなことはどうでもいいんじゃないかと思うこともあった。ただの言葉じゃないか。そして、娘を見た。

「パッパ？」

近親相姦。すると、男は胸の中に、炎のようなものがめらめらと燃え上がるのを感じた。ダメだ！　そんなことじゃいかん。おれは戦わなくちゃならん！

ふたりの傍で車が止まった。リムジンだった。ざっと20メートルの長さの。ドアが開いて、中からサングラスをかけ、黒いスーツを着た男が出てきた。

「なんか用かい」

「あなたのお友だちが、お会いになりたいそうで」

ふたりが乗りこむと、リムジンは音もなく動きはじめた。

「これ動いてるの？」

「はい」

リムジンの中にはバーがついていた。レーザーカラオケとビリヤードの台まであった。やがて、リムジンはどこかに着いた。ふたりは目隠しをさせられた。それから、ふたりはリムジンの外へ出た。誰かが男の手を引いて歩いた。男はもちろん娘の手を引いていた。まず北へ向かった。それから東。そして、西へターンして、最後は南。男はそのように考えてみた。いや、ぐるぐるそこらを歩き回っていただけかも。階段を上がり、砂利を踏みしめて進み、エレベーターにも乗ったかもしれなかった。やがて、ふたりは目的地へたどり着いた。目隠しがはずされた。ふたりは部屋の中にいた。

天井が高いところにあった。それからえらく広かった。ずいぶん金がかかったに違いない。男はそう思った。部屋に先客がいた。ソファがいくつもあって、男がふたり座っていた。ひとりは和服で酔っぱらっていた。もうひとりはパジャマを着て、ニコニコ笑っていた。

「なんだ、あんたかよ」男はいった。娘の手を引いて先客の方に近づいていった。そして、パジャマと酔っぱらいの間に座った。それから、娘を膝の上に抱き上げた。

「娘だよ」

「可愛いね」

「んだろ？」

男は和服の酔っぱらいを見た。酔っぱらいは息をはあはあ弾ませていた。ひどい有様だった。目は真っ赤に充血していて、見ているだけで気持ち悪くなりそうだった。そいつは娘が五人もいる小説家だった。それでは酒を飲みたくなるのも無理はない。

「ぶぶぶぶぶ……」

酔っぱらいはそんなことをいっているようだった。

「なにいってんだ、こいつ？」

「さっぱりわからないんだよ。さっきからずっとこうなんだ」

「なあ、あんた。久しぶりに会ったのに、いきなりで悪いけど、ちょっと訊きたいことがあるんだよ」

「いいよ」

男は相談してみることにした。例の問題だ。

「おれは問題を抱えてるんだ」

「わたしもだ」

「いっても信じてもらえないような問題なんだよ」

「そこも一緒だな」

「あんたにおれの苦しみがわかるってのかい。ほんとうのことをいえないんだぜ。どうしてかっていうと、それはいってはいけないことだからなんだ！　誰もそういうことが問題だとは思ってないんだ！　そういうことはあってはいけないことになってんだ！　想像してもダメなの！」

「悪いけど」パジャマは静かにいった。

「わたしが抱えているのも同じ問題なんだがね」

「ふうむ」男は呻いた。「あんた、どうしてるわけ」

「処置なしだよ」パジャマはいった。

「ぶぶぶぶぶ……ぶぶぶ！」

いきなり、酔っぱらいがしゃべった……いや、音を発したというか。男とパジャマはじっと酔っぱらいを見た。酔っぱらいは気持ちよさそうに眠っていた。

「そうだ！」

「なんだい？」

「あんたに、昔から一度訊こうと思ってたことがあったんだ」

「いいよ」

「あんたもセックスとかするわけ？」

「当たり前だろ」

「おれがいいたいのはね、ペニスを女のあそこに入れてシコシコするやつのことだけど」

「だから、するっていってるだろ」

また男は呻いた。なにかがわかったような気がした。気がしただけだった。それだけでもましではないか。そして、男にはもう一つ気づいたことがあった。そこに来てから、一度も**近親相姦**という言葉を思い浮かべなかったのだ。なにも想像などしなかったのに！

（初出「文學界」二〇〇〇年二月号）

Mother Father Brother Sister

タカハシ家はおおむね四人の人間で構成されている。順に父親のテツロウ、母親のセツコ、長男のケンイチ、長女のヒロコである。

なぜ、おおむねかというと、長男のケンイチはかなり前に死んでいるのである。死んだ人間をカウントすべきかどうか、その判断をくだすことは難しい。いるといえばいるし、いないといえばいない。

テツロウがいう。

「ケンイチの好きな女優って誰だっけ？　松嶋菜々子か？　お父さんはけっこう好きだな。うん」

セツコがいう。

「お父さん、そんなこと、わたし知りませんよ。だいたい、うちは親子の会話なんかなかったじゃありませんか」

ヒロコがいう。

「お兄ちゃんの声が聞こえる。違うっていってるわ。お兄ちゃんが好きなのは、菅野美穂だって。あの両生類みたいな目がいいんだって」

　すると、テツロウとセツコはこういう時だけは一致していう。

「そんなことをいったらいかん！　また病院行きだ！」

　おれも思わず興奮していう。

「ヒロコ、お前どうかしてんじゃないか？　おれ、なんもしゃべってないぜ。だいいち、おれは松嶋菜々子にも菅野美穂にも興味なんかないよ。強いていうなら、酒井彩名かな、『天然少女萬』に出ている……」

「あっ、そう。あのね、お兄ちゃん、なんもしゃべってないって」

「だから、そういうことをいっちゃダメだっていうの！」

　テツロウ、セツコ、ヒロコの間ではまだいささかもめ事がつづく。けれども、おれとしては、ヒロコにちゃんとメッセージが届いたのだから文句はない。

　確かに、ヒロコはおれのメッセージと雑音の区別がつかない。その点は遺憾に思う。しかし、こちらとしても死者なんだから贅沢をいってはいられない。

　死者はつまらない。これにはガックリした。というか驚いた。

　死ぬんじゃなかったよ。それが、おれの死者としての正直な感想だ。だから、みんな、安直に死のうなんて思わないでほしい。

　超ダサイのだよ、ほんと。おれは、もっとメリハリの効いた世界を想像していた。なにかしら、もっと根源的なもの。なにかしら、なにかしら……ううっ、おれは頭が悪いから、言葉になんないが、なんかもっと気のきいたものがあると思うだろ、ふつう。

　なんかもっと別の、決定的に違った、超深い、超微妙な、超こわい、あるいは、超楽しい、ピカピカのギラギラの、パラダイス……パラダイスって天国か。じゃあ、ヘヴン。地獄でもいいけど。そういうやつ。

　資格があるんじゃないかとおれは思っていた。漠然とだが。

　おれはイジメで死んだ。いや、イジメられたというのか。まさに、現代社会の縮図としての死。

　それに、おれはヒロコとセックスをしていた。

　おれは小さい頃からヒロコの裸を盗み見ていた。ヒロコのパンティを盗んでベッドの中でオナニーし、寝ているヒロコの横にそっとしのびこんでおっぱいに触り、それで文句をいわれないとわかると調子に乗ってヒロコのあそこに手を伸ばし、あげくの果てはセックス。なんだか、ベルトコンベアーに乗ってるみたいに順調なプロセスだった。でも、これは疎外されたセックスなんだよね。だから、懸命に罪悪感を持とうとしたっけ。

　ついでにいうと、父親もヒロコとセックスしていた。

生まれた頃からヒロコの裸を盗み見ていた。それから、ヒロコのパンティを盗んで、母親が隣で寝ているベッドの中でオナニーし、酔っぱらったふりをしてヒロコに抱きついておっぱいに触り、それで文句をいわれないとわかると調子に乗ってあそこに手を伸ばし、あげくの果てはセックス。なんだよ、おれと同じじゃん。とにかく、幼児期に遡る性的虐待だ。

母親は不倫してたし。おれの家庭教師をやっていたマザコンの早稲田の学生と。完全な家庭崩壊。その結果、おれは「死に至る病」にとりつかれて死んでいった……のだと思う。

「お前たち知っているか?」

テツロウがいう。セツコとヒロコからの反応は特にない。だいたいがそうだった。テツロウがなにかをいうとしても、そこになにか特別のメッセージがこめられていたことはない。たぶん、テツロウという人はなにかを真剣に考えたりしたことなどなかったのではないかと思う。ただ口に出していうのが面白いとか。それじゃあ、赤ん坊と一緒だ。当人はそう思っちゃいないのだが。

まあ、そこをつつくのもどうかと思う。この男は世間一般の水準でいうと、父親としては可もなく不可もなくという程度じゃないだろうか。

「お前たち『君が代』の起源を知っているかい。あれは、明治三年、はじめて日本国軍というものが結成され、天皇の前で教練を披露することになった時、天皇を迎える曲が必要となって、大山巌が、じゃあ薩摩で賀歌として歌われている『君が代』の歌詞になんか曲をつければいいじゃないのと進言してできたのだ。しかし、日本には洋楽の伝統がなかったので、イギリス軍楽隊のフェントンに作曲を頼んだ。ところが、フェントンは日本語がまったくわからなかったので、フェントンが作曲した『君が代』は一度も歌われることがなかったそうだ。いまの『君が代』は奥好義という人が、昔作曲した曲を『君が代』用にアレンジして使ったのだ。だから、誰も国歌だとは思わなかった。なにしろ、明治十六年、政府は音楽取調掛に国歌を作ることを命じて、六曲が候補にあがったのに『君が代』を候補にあげるやつはいなかった。みんな、これは天皇礼式曲だと思っていたので国歌にふさわしいとは思わなかったんだな。結局、国歌をなににするか議論しているうちに、音楽取調掛そのものが消滅して、この時には国歌は決まらなかったわけだ。じゃあ、いつ『君が代』が国歌になったのかというと、それがわからない。明治三十一年、『音楽新報』という雑誌には、世界の一等国たる日本にどうして国歌がないのか、という記事が載っている。それを読むとだね、『君が代』が国歌だという説もあるが噴飯物だと書いてある。『君が代』は皇室の歌であって、国家の歌ではない。その皇室の歌を、運動会などで演奏するとはなんたる不敬かと嘆いている。だから、ほら、サッカーのワールドカップで日本代表が『君が代』を歌ったろう？　『君が代』を天皇陛下がいらっしゃらない場所で歌うのはおかしいんだよ。国際サッカー連盟が金儲けにやってる私的な大会で歌うなんて、不敬もいいとこなわけ。だから、あれは歌わなかった中田英寿が断固正しいのだ！」

問題は誰もちゃんと聞いていないことだ。いまから考えてみるとそう思う。

この男だって、よく聞いてみると、時々、傾聴に値することをいっていたわけだ。だが、そういう時に限って、聴衆にめぐまれなかった。そのことをもう少し突き詰めて考えればよかったのだ。その方が、話の中身よりずっと有意義なことだったのに。

だらだらしゃべってるからいけない。それが重要だと思ったら、発表する場所や形式について徹底して考えてみる。なんだったら、リサーチしてみる。そこまでやらないとしゃべったことにならない。

なのに、この男ときたら、たまたま本に書いてあったことを、たまたま目の前にいるというだけの理由でもっとも不似合いな連中に向かってしゃべる羽目に陥ったのだ。気の毒に。でも、自業自得か。

しかし、大衆とはそのような存在ではないのか。もちろん、おれも含めて。ずっとこんな調子なのだ。ただしゃべる。誰も聞いていない。コミュニケーションの不在とかなんとかよりその方がずっと深刻な事態だと思うんだが。

うっ。

どうもいかん。

死んでから、どうもおれがおれではないという感じがする。批評家みたいなんだ。いろいろ文句をつけてばかり。

「おい、母さん。見ろよ、このレポーター。ケンイチの葬式の時に来てたな」

「そうですね。今度はなんですか。あら、受験に悩んだ予備校生が両親惨殺ですって。すごいわ」

「なんか生き生きしてるな。だいたい声のトーンがうちの時よりずっと高いじゃないか」

「わたしたちの時より、扱いが派手じゃないですか。カメラもずっと多いし。なんだかうらやましいわ」

「おいおい、うらやましい、はないだろう。仮にも、息子が自殺したんだから」

「じゃあ、あなた、ぜんぜんうらやましくないんですか?」

「そりゃあ、うらやましくないといえば嘘になるが」

「ほらね」

その時、会話に入りそこねていたヒロコが不意にいう。

「お父さん、お母さん、わたし結婚していい?」

「結婚? 誰と?」

「優しくて、眼鏡をかけた、小説を書いている人」

「そんな人とどこで知り合ったんだ?」

「それは……運命だから」

「運命？　なんのこと、それ？　ちゃんと、わたしたちに紹介してくれるんでしょうね」

「でも、その人はとても恥ずかしがり屋だから、来てくれるかどうか……」

「どこの人なんだ？　つまり、どこに住んでるかってことだが」

「それは、まだ知らないの」

「母さん、そろそろこいつを病院に連れていった方がいいんじゃないか？」

おれは中座することにした。いくら自分の家族とはいえ耐えがたいことはあるのだ。

なにか別のことをしよう。そう思った。こんな連中に付き合っちゃいられないから。そこで、おれは家の近くの交差点にある「ジョナサン」に行くことにした。「ジョナサン」といっても、死者用のやつだ。場所は生きてる人間用の「ジョナサン」のすぐ近くにある。「すぐ近く」か……。なにかもっとうまいいい方はないんだろうか。ちょっとニュアンスが違うんだが。とにかく、そこだ。

それとも、映画館に行こうか。ちらっと、そう考えないでもなかった。しかし、こちらの映画館にかかっている映画はおれのような若者が見てもどこがいいのかさっぱりわからないものばかりだ。

オードリイ・ヘプバーン、ゲイリー・クーパー主演の新作恋愛コメディー『昼下りの情事3』。なんだよ、それ。

ば。

木下恵介監督・佐田啓二主演『喜びも悲しみも幾歳月5』。そんなやつ見たくないってば。

東千代之介・萬屋錦之介・美空ひばり主演の『新々々・雪之丞変化』。だから、出てる連中、どれもこれも知らないやつばかりだっていってんだろが。

それから……。まあ、たくさんの新作がある。おれは見ないけど。そんなものを見るぐらいなら、家に戻って、父親や母親と一緒にテレビを見てる方がずっとましだ。

なんでも、こちらの映画館はどこでも満員なんだそうだ。

タケシさんによれば「死者は一杯いるからな。なにしろ、昔から人はずっと死んできたわけだ。生きてる人間より、死んだ人間の方が遥かに多いんだから、一生懸命、生きていた時の蓄積でなにかを創ろうとする連中もたくさんいる」のだ。こういう場合、おれみたいに若い死者はいちばん困ってしまう。だって、おれの世代はまだほとんど生きていて、あっちの方で活躍しているからだ。

「ジョナサン」のドアを開けた。いつもの窓際の席にタケシさんが座って新聞を読んでいる。今日のランチは和風ハンバーグか。空になった皿、それからアイス・レモンティー。

おれは明るくいう。

「おっす」

タケシさんはおれの顔を一瞥して、すぐ新聞に戻る。新聞の一面がおれの目に入る。

「ウェルカム　きんさん」

なるほど。タケシさんはさりげなく小さな声でいう。

「……おっす」

「タケシさん、なにしてるんですか」

タケシさんは明らかに不機嫌な顔つきになった。もしかして、おれ、なにかまずいこといったのかな。

「なにしてるかって？　お前なあ、死者に向かって『なにしてる』はないだろ。答えられないだろ、そんな質問に」

タケシさんのいう通りかもしれない。おれだって「なにしてる？」と訊ねられたら、答えに困る。でも、強いていうなら「まったりしてる」かな。

タケシさんはシャブでへたをうって——ヤクザの用語はよくわからない——脚にコンクリートをはかされたまま東京湾に沈められたそうだ。もうとっくに骨だけになっているタケシさんのボディはいまだに沈んだままだ。

「タケシさん」

「なんだよ」

「神っていますかね」

「いねえな」

タケシさんは新聞を見ながら無愛想にいう。よく考えたら——考えなくても——タケシさんと共通の話題なんかほとんどない。

「おい」

「なんですか」

「お前を見てると、ほんとムカつくよ。どうして、ヤラレた時、ヤリ返さなかったわけ？なにも自分から死ぬことないだろ。情けねえ」

「そうですよねえ」

話が続かない。

「コーヒーのお代わりは？」

ウェイトレスがコップに水を注ぎながらいう。新しい女の子だ。屈みこむと、胸の膨らみがバッチリ見える。すごく可愛い。金髪だけど。ここの制服は向こうの「ジョナサン」とちょっと違ってミニのワンピースで太股どころかパンツまで見えそうだ。指に吐きダコがある。それから手首に何度も剃刀で切った跡。思わず目が吸いついてしまう。見透かしたようにウェイトレスがいう。ニコニコしながら。

「最後はバッサリいきましたからね。ひとおもいに」

「おーい、こっちもコーヒー！」

反対側の壁際のテーブルの学生（風の男）がいう。その長髪の学生（風の男）はイライラしていた。机の上に置いた本——鈴木いづみという作家の小説——が面白くないのか、それとも、ウォークマンから耳に注入している音楽——セシル・テイラーのピアノ——がつまらないのか、あるいは両方のせいなのか、そいつは、いつもその席でイライラしているのだ。

目がテンパっている——これはタケシさんの用語——のは、もしかしたらヤクをやってるからだろうか。

「違うな」

タケシさんはそういう。

「あれはね、内的世界に没頭しているからなんだ。気の毒に。病気なんだな。シャブを教えてやりたいよ」

「お前たち！」

学生（風の男）がおれとタケシさんの方を指さして叫んでいる。

「なぜおれを見る！　見るんじゃない！」

タケシさんが答える。

「お前なんか見ちゃいねえよ。自意識過剰だよ、あんた」

「なにい！」

学生（風の男）がテーブルを叩いて立ち上がる。その拍子にテーブルの上に開けてあった本がばさりと音を立てて床に落ちる。手にはいつの間にか鉄パイプが握られている。いったい、どこに隠していたんだ？　それと、あの鉄パイプ、あの男が頭をカチ割られた時のだろうか？

タケシさんも同時に立ち上がる。トレードマークのグラサンをゆっくりはずし、片手をスーツの中に突っこみ、そしてニヤリと笑う。氷の微笑みだ。あのスーツの中の拳はドスを握りしめていると想像してもかまわないだろう。もしかしたらハジキという可能性だってある。とにかく、タケシさんが『シャブ極道』の役所広司を意識していることだけは間違いない。だってそう指摘すると、むきになって怒るんだから。そういえば、あの映画、『シャブ極道』というタイトルがいつの間にか『大阪極道戦争』に変わっちゃったっけ。おれは、『ブラック・レイン』の松田優作の方がカッコいいと思うけど。

「ジョナサン」の中に緊張が漲《みなぎ》る。なんだか、「ジョナサン」じゃないみたいだ。店内の客たちは声をひそめこわごわ話し合っている。でも、同時に、この場の雰囲気を楽しんでいるようにも見えるのだがそれは考えすぎだろうか。

さっきのウェイトレスがいつの間にか学生（風の男）の傍にいる。彼女は小さいが決然とした声でいう。

「お客さま。他のお客さまのご迷惑になりますので、お静かに願います」

さすが。ばっさり手首を切っただけのことはある。

断固とした彼女の態度に気圧されるように、学生（風の男）が座る。口ではまだなにかぶつぶつ呟いている。

「なんだよ、あいつが悪いんだろ、あいつが」

それからややあってタケシさんも座る。

タケシさんはふだんから「カタギの衆に迷惑をかけちゃいかん」と主張しているから、向こうが戦意を喪失した場合はそれ以上追及しないのである。

ところで、もし、あのウェイトレスの勇気ある行動がなかったら、どんな事態に陥っただろう。

学生（風の男）としても手に凶器を持って威嚇するところまで行ってしまったことだし、だいたいあの手の人間は、カッとしやすい。カッとして後先見ずに行動し、途中で「まずい」と思っても、止めることができない。融通のきかない人間なのだ。

それに対して、タケシさんはもう少し周りを見て行動することができる人だ。しかし、ヤクザはなんといっても体面を重んじる。「いったん出したドスは引っ込められない」（タケシさん）のだ。となると、学生（風の男）とタケシさんは、内心では「ヤリたくない」「誰か止めてくれないか」と思いながらも、ついには衝突せざるをえなかったに違いない。

おれは、客の去ったテーブルの上をてきぱきと片づけている彼女を見た。

いい線いってる。死んだ後も、自暴自棄になったり、日常生活に流されたりしていない。凜《りん》としているというか。背筋を真っ直ぐにして生きている——死んでるけど——という感じがする。

「ケン、行くか?」

タケシさんがいう。おれはうなずき、素早くレシートを摑んで立ち上がる。

「余計なことするんじゃねえよ」

「いいっす、いいっす。ここは、おれが払っときますから」

レジには彼女が立ち、てきぱきと計算してくれる。

「ランチ2つ。消費税込みで二千百円いただきます」

おれは財布から金を出しながら、思い切っていう。

「おれ、ケンイチっていうんだ」

「知ってるわよ。イジメを苦にして自殺した高校生でしょう? 昔、週刊誌で読んだことある」

「ダサイだろ?」

「そんなことないわよ。あたし、その気持ちわかるもん」

やっぱいいわ、この子。おれのハートがキュンとなる。

「名前教えてくれる?」

「レイカ。今日は遅番だけど、月・水・金は早番だから5時には上がれるわ」

おれは「ジョナサン」を出た。陽光が眩しかった。死者にも生者にも平等に太陽は降り注ぐのだ。さっきまでの暗い気分は吹き飛んでいた。イエイ！

「ケン。なんだよ、ニヤニヤしやがって。気持ち悪いぜ」

「そうですか？　変だなあ、別にいつもと変わりないですけど」

「ケン。今日どうすんだ？」

「そうっすねえ、家へ帰って寝ようかな」

「なんか用があるのか？」

「いや、別に、これといって」

「じゃあ、おれんところに泊まれや。ちょっと話したいこともあるし」

タケシさんとおれはタクシーを拾った。そのタクシーの運ちゃんはおしゃべりだった。乗っている間中、ずっと自分が死んだ時のことをしゃべっていた。家族から携帯電話がかかってきて、その携帯をとった瞬間、ハンドルを切り損ねたんだそうだ。そんなこと知るかよ。

タクシーの運ちゃんはたいていおしゃべりだ。

「お客さん、なんで死んだんですか？」

おれはこの質問を聞くとどうしようもなくムカつく。バカじゃないかと思う。デリカシーというものがまったくない。聞かれたくない客だっているはずじゃないか。

「あれ？」

運ちゃんがバックミラーを眺めながらいう。

「あんたの顔、覚えてるなあ。どっかで見たことがある。そうだ！　イジメで……」

タケシさんが運ちゃんの襟首を後ろから掴んだ。

「それ以上しゃべると、殺すぞ」

おれたちはタケシさんのマンションに着いた。

2LDKでリビングはフローリングのそのマンションは桜新町の近くにあった。あくまでも「近く」だ。誤解しないでほしい。

おれとタケシさんはフローリングの床に座って缶ビールを飲んだ。それから、タケシさんはビニールのパケからコカインを手鏡の上に出し、二枚のテレカを使って器用に細い4本の筋《ライン》を作った。タケシさんは財布から一万円札を取り出した。

「なんで一万円札なんですか？」

「そりゃ、お前、千円札とじゃあ吸った時の感じが違うもん。やる？　コカインがイヤだったらシャブでもチョコでもSSブロンでも、なんでもあるけど」

「いや、おれは結構っすから。あの、おれヤクはやらないもんで」

「ふーん。コカインなんかヤクの中に入らんけどね」

しばらくすると、カオリさんが帰ってきた。

　カオリさんは吉原の、いや正確にいうと、吉原の「近く」のソープに勤めている。総額三万円の「大衆店」だそうだ。カオリさんは縦に大きいが、横にも大きい。どうして、三万も出してこんな女とヤル気になるのか、おれにはよくわからない。性の神秘だ。カオリさんは年中、鼻をグズグズいわせている。コカインのやりすぎじゃないだろうか。それとも何度もタケシさんに鼻骨を折られているので、鼻の神経が切れちゃっているのだろうか。わからない。

　わからないといえば、カオリさんの死因がわからないのだ。当人が覚えていないのである。ヤクのやり過ぎか、殴られすぎのせいで記憶喪失になってしまったのだろう。

　カオリさんがいう。

「わだじにもぢょうだい」

　ほんとは「わたしにもちょうだい」といったのだが、なにしろ、鼻がバカだから全部濁音になってしまうのである。

「なんだとお！」

　タケシさんのフックがカオリさんの顔面にヒットした。カオリさんがもんどりうって倒れる。

「いだい！」

　もちろん、カオリさんは「痛い」といってるのだが、こちらには「いだい」としか聞こえないのである。

「コカインばかりやってるから、鼻が治らないんじゃないか!」

「ぢがうよ、あんだが、ばなをなぐるがらいげないんじゃない!」

一応、通訳しておくと、「違うよ、あんたが、鼻をなぐるからいけないんじゃない」である。

今度は、タケシさんのローキックがカオリさんのストマックをとらえた。カオリさんはアンディ・フグに倒された佐竹雅昭みたいにうめき声をあげのたうちまわる。それでも、タケシさんの怒りはおさまらない。

コカインはシャブよりずっとソフトで多幸感があると聞いていたけど、なんだか違うみたい。タケシさんは荒れ狂っている。なんで荒れ狂っているのだろう。コカインの効き目が弱いからだろうか? カオリさんの鼻声を聞いていると虫酸《むしず》が走るせいだろうか? それとも、タケシさんは、おれにはとうてい理解できない複雑な「内的世界」を持っていて、そこでなにやらサイケなカーニヴァルみたいなことが起こっているせいだろうか?

タケシさんがマンションにひいている有線からサンタナの「哀愁のヨーロッパ」が流れてくる。

タケシさん、趣味が悪い。やっぱり、サンタナは演歌だとおれは思うよ。

おっと。

いつの間にか、タケシさんはカオリさんの上に馬乗りになって、カオリさんの顔に次々、パンチを叩きこんでいる。ヒクソン・グレーシー対髙田延彦のリターン・マッチだ。髙田延彦、じゃなくて、カオリさんが悲鳴をあげる。何度戦っても、髙田延彦はヒクソン・グレーシーには勝てない。髙田延彦が脚をバタつかせている。たっぷり脂肪ののった腿肉が見える。髙田延彦、もう少しトレーニングしなきゃダメじゃないか。

悲鳴が止んだと思ったら、タケシさんとカオリさんがキスをしはじめた。喧嘩も愛撫のうちだとタケシさんはいっていたが、これのことみたい。戦争と平和だ。ギヴ・ピース・ア・チャンス。

タケシさんがカオリさんのワンピースを一気にめくりあげ、ついでにブラジャーもはずしてしまう。ワオッ！　なんだい、あの山！　あれはほんとに乳房なんだろうか。ほんとにあの中には、脂肪や筋肉以外にはなにも混ぜ物が入ってないのだろうか。嘘みたい！でっけえ……。

「ケン！　おれたちを見ろ！　これが紛れもない真実なんだ！」

「ゲンぢゃん……イヤ……わだじだぢをみないで……」

通訳すると……しなくてもいいよね、こんなの。

そういえば、レンタルのＡＶにもこういうシーンがあったなあ。タケシさんがカオリさんのあそこをなめはじめた。カオリさんが絶叫する。

「あんだあ！」

通訳……やっぱ不要。

「がおりぃ！」

とうとう、タケシさんも鼻に来たか。

タケシさんはカオリさんのデカパイに吸いついたまま、上着→ズボン→上の下着（こんな言葉あるのかな？）→パンツと脱いでゆく。そういえば、まだ生きてた頃、エッチする時もおっぱいを舐めたりあそこをいじったりしながら同時に服を脱いだことを思い出す。「ちょっと待って」と声をかけて、一気に脱いだ方が早いと思うんだが、どうしてそんなめんどくさいことをするんだろう。シラケるのがイヤなのだろうか。それにしても、最後に残ったラコステのソックスはどうすんだ？

タケシさんが勃起したちんぽをしごきながら、カオリさんの顔の真ん前に持ってゆく。

「がおりぃ……」

「あんだあ……」

とても死者とは思えん……。死者らしく慎み深い生活を送ろうとは思わないのか、この人たちは。死んでも懲りない人たち。けもの。そんな言葉が頭の端に浮かぶ。でも、けものの方で怒るかも。

タケシさんとカオリさんは、おれに見られているので余計興奮するようだ。そのあたりの計算高いところが、生きている時とぜんぜん変わらないような気がして、おれはちょっと不愉快だ。

向上心のない死者。ナンセンスじゃん、それ。しかし、向上心のある死者っていうのも、なんか変だしなあ……。カオリさんの店には英霊というのが来て、カオリさんも相手をしたけど、ちんぽがビンビンでマジすごかったらしい。シャブやコカインで無理矢理勃《た》たせたちんぽなんて相手にならないって。

死んだ頃の情景が走馬灯——見たことないけど——のように浮かんでくる。あの頃のおれは、ある意味で生き生きしてたような気がする。別の意味でも生き生きしてたけど。

「あんだあ、いぐ、いぐ、いぐう……」

有線でかかっているのはゼーガーとエバンスの「西暦2525年」。渋いね。タケシさん家《ち》の有線は六〇年代（一部七〇年代）ポップスしかかからないようだ。おれは3本目の缶ビールのプルリングを開けた。飲みながら、ちらりとタケシさんたちの方を見る。

ちんぽ。まんこ。ちんぽ。まんこ。ちんぽ……おれ、悪酔いしたみたい。

凄まじい鼾の音でおれは目覚めた。おれは床にぶっ倒れて眠っていたようだ。タケシさんとカオリさんも裸になって折り重なるように眠っている。ふたりを見ていると、セイウチのハレムを思い出す。おれは音を立てずにそっとマンションの外へ出た。それから、タクシーを拾って懐かしの我が家へ帰った。

テツロウとセツコとヒロコは相変わらずテレビの前に座っている。

ちょっと待てよ、いったいあれから何時間たってんだ？あれからずっとテレビを見てたわけ？

テツロウがいう。

「母さん！　どうして久米宏がヒゲを生やしてるんだ！」

セツコがいう。

「お父さん、最近、久米さんの姿が見えなかったでしょう？　あれはヒゲを生やすためだったそうですよ」

もう一度、テツロウがいう。

「母さん！　久米さんの右隣にいた、ほら、あの特徴のない女子アナの姿が見えないぞ」

再び、セツコが答える。

「お父さん。あの人、結婚してお辞めになったじゃないですか」

突然、ヒロコが割って入る。

「お兄ちゃんの声が聞こえる！　チャンネルを替えてくれって。『ここがヘンだよ日本人』が見たいんだって！」

ヒロコ、お前、自分が見たいだけじゃん！　おれの胸に熱いなにかがこみ上げてくる。

一家団欒。家庭の幸福。生前のおれはそのことに気づかなかった。死んでやっと気づいたのだ。おれは叫び出したいのをこらえた。ああ……死んでよかった……。

（初出「文學界」二〇〇〇年三月号）

殺しのライセンス

おれはテレビを見ていた。

確かに、ふだんおれはテレビの悪口ばかりいってる。あんなもの、空っぽな箱だ。出てる役者も、ニュースキャスターも、追っかけレポーターも、空虚そのものの顔をしてる。そんなもの見る意味なんか皆目ありゃしないゼロ以下だ。

ということは、『ビューティフルライフ』最終回がはじまる三十分前から、ソファに座ってイライラしながら待ってたおれも、ゼロ以下なのかもしれん。

ああ……常盤貴子が死んでしまった。

なんてこった。まあ、予想通りには違いない。

可哀そうなキムタク。おれは洟《はな》をかんだ。ティッシュが破けて、手に鼻水がついた。ぎぼぢわるいぜ。

電話が鳴った。おれは鼻水をズボンにこすりつけてから、受話器をとった。

「もしもし」

「おはよう、フェルプスくん」

「ボス」

「なんだ」

「そんな冗談いって、いま時、ウケると思ってんの？」

「古い？」

「まあね。それと、ボス。あんた、いままで『ビューティフルライフ』見てたね？」

「なんでわかるんだ！　お前、まさかおれのオフィスに盗聴器仕掛けてるんじゃないだろうな」

「違うよ。だって、あんた、鼻水啜ったろ？　それが『ビューティフルライフ』の最終回をソファに座って見てた証拠だよ」

「お前、ただのアホじゃなかったんだな」

「よくいわれるよ」

「最終回、お前も見てたろ」

「正直にいうとね、ボス。おれも見てたよ」

「もしかしたら、ハッピイエンドになるかもしれんと、些か期待していたんだが」

「甘いね、ボス。誰がシナリオ書いてると思ってんの？　北川悦吏子だぜ。ヒロインが死んで終わりに決まってんじゃん」

「予定調和だな」

「だから、北川……」

「わかった、わかった。お前と議論はしたくない。仕事の話だ。いつものように『犠牲者』の写真と報告書がお前のところに届く。いつもと違うのは、今回から手紙じゃなくバイク便になったことだ。我々も時代と共に歩まねばならん」

「だったら、ボス。eメールの方がいいんじゃないですか。仮に、おれが留守だとしても『不在連絡表』の宛先に電話する必要もないし」

「その案、却下」

「なんで?」

「ここだけの話だが、わし、パソコンが苦手なんだ」

「あっ、そう」

「それでは健闘を祈る。仕事が無事終わったら、すべての資料は完全に破棄するように。いつものように、お前の口座に0が6つ並んだ金額を振りこんでおこう。税こみじゃない。もちろん、手取りで。手数料はこちらの負担とする。ところで……いま気づいたんだが、お前、なんていう名前だっけ?」

「たまげたね。おれはあんたの顔も身元も知らない、あんたはおれの顔も身元も知らない。それが『殺し』の世界の鉄則じゃないか。なにトボケたこといってんだよ。あんた、ほんとにボス？　ちょっと、パスワード、いってくれる？」

「『最終レースの岡部は買い』だ」

「わかった。あんた、ほんものだよ。じゃあね」

おれは電話を切った。仕事だ。テレビなんか見てる暇はない。『ビューティフルライフ』がなんだ。

待てよ。『大相撲ダイジェスト』の時間じゃないか。おれは慌ててチャンネルを10に替えた。貴闘力が泣いてる。百三場所目で初優勝なんだってな。おれは思わずもらい泣きした。それから、テレビを消した。今日は日曜日。『ワンダフル』のない日だ。こんな日にまだテレビをつけてるやつはアホだ。だいたい、釈由美子の出てない『ワンダフル』になんの意味がある。

おれは冷蔵庫まで歩いていって扉を開け、パックの牛乳をコップに入れて飲んだ。流行なんだ。いまほとんどの殺し屋は、冷蔵庫の中に入れてある牛乳の愛飲家だ。そうすると、なんだか『レオン』のジャン・レノになった気がする。どうやらボスまで、オフィスで牛乳を飲んでるみたいだ。酒を飲む殺し屋なんか時代から取り残されるばかりだ。

玄関のチャイムが鳴った。ドアの向こうから声が聞こえた。

「バイク便です」

「はーい、ちょっと待ってください」

　おれは邪気のない声でいった。相手を油断させるためだ。おれは背中のホルスターから45口径を抜き取り、そっと安全装置をはずした。

「いま、開けますね」

　おれはドアを静かに開けた。もちろん、ドアの陰に隠れたままだ。おれはドアの前に突っ立ってるアホのどてっ腹にいきなり銃を突きつけると、凄味のある声でいった。

「両手は頭の上に置いたまま、黙って入ってこい。妙な動きをしたら、命はないぜ」

「あの。荷物はどうすればいいんでしょう。両手を頭の上に置いたら、荷物が持てないんですが」

「じゃあ、荷物も頭の上！」

　若い男が入ってきた。

　そいつは生まれてから一度もものを考えたことがないという顔をしていた。授業中、一度も黒板の方を向いたことがないという顔をしていた。三食ともコンビニですましてますという顔をしていた。それから、鼻のつけ根にピアスをしていた。それがカッコいいと思っているのだ。おまけに、そこが化膿して赤く腫れ上がっていた。正真正銘のどアホだった。そして、心底びびっているようだった。情けないやつ。

「よし、ゆっくり手を下ろせ。荷物もな。待て！　いま、なにをしようとした？」

「あの、受け取りを……」

「じゃあ、それもゆっくり出せ」

「ハンコをお願いします」

「ないよ」

「じゃあ、サインで結構です」

「左手でいいか？」

「えっ？」

「右手はいま銃でふさがってるだろ」

「あっ……じゃあ、左手で」

おれはいわれるまま、やつの胸ポケットからボールペンをとり左手でサインした。

「いつまで突っ立ってんだ？」

「もういいの？」

「用事はすんだんだろ？　早く帰れよ」

そいつは受け取りをひったくると回れ右した。すぐにも家へ帰りたそうだった。なにを見るつもりだ。『F1グランプリ2000ブラジル決勝』か？

「ちょっと待て」

「はい」

「サインは確認した？」

「えっ？　ええ、一応」

「なんて書いてある？」

「あの……なんて書いてあるんです？」

「さあな、書いたおれにもわからん。なのに、お前、わかるっていうのか？　おい、なにを急いでるんだ。おれにバレたらまずいことでもあるのか」

おれは撃鉄を引き起こした。やつは震えだした。震度5ぐらいの震えだった。顔なんか真っ白だ。ちょっとやりすぎたかな。おれは反省した。「殺し屋」は目立っちゃいかんのだった。

「もういい。今日はなにもなかった。ここで、お前はなにも見なかった。わかるな？」

そいつはまだ震えていた。だが、震度は3ぐらいに下がっていた。

「帰ってよし！」

おれがいい終わった時にはもうやつの姿は消えていた。すごいダッシュだった。たぶん、最初の30メートルを2秒で走ったんじゃないか。人間、やる気になればなんだってできるんだ。おれは届いた書類ケースを持って、ソファまでいった。書類を見る前に、冷蔵庫から牛乳のパックをとりだしてテーブルの上に置いた。

さて。おれは書類ケースの中身を開けた。写真と報告書だ。おれはまず写真を眺めた。

正真正銘のぶ男だった。三十八歳ぐらいの。なのに、もう額のところが少し薄くなりはじめている。あと五年もすれば立派な禿げだ。よかったな、禿げる前に死ねて。目脂がたまっている。背広の肩のところにフケが落ちている。顎のところに剃刀でつけた傷がある。鼻の脇にニキビを潰した跡が一つ、二つ、三つ、四つ……。

おれは写真をテーブルの上に放り投げた。見れば見るほどみっともない。よく、こんなんで生きてこれたよな。恥ずかしくないのかね。

この商売でいちばん大切なことは「感情移入しないこと」だ。ボスはいつもそういってる。だから、あまり写真を見つめちゃいかん。それから、報告書の読みすぎも御法度だ。現場で間違えさえしなきゃいい。自慢じゃないが、おれはまだ間違えたことはない。若い殺し屋の中には、慌てて殺しちゃいかんやつを殺しちまうのがいるそうだ。世も末だな、ほんと。おれはテーブルの上の牛乳を飲んだ。少し温くなっていた。そうなると、とても飲めた代物じゃないことにおれは気づいた。今度から、農協牛乳は止そう。牛乳は夕カナシに限る。

翌朝九時に、おれは起きた。まだ少し早い。おれはとりあえず冷蔵庫を開けてみた。牛乳しか入ってない。なんでも極端はダメだ。たまには牛乳以外のものも飲まなきゃならん。それにしても、どうして居酒屋にいくと「とりあえずビール」っていうんだ？　「とりあえず」で思いつくのはまずその使い方だ。この「とりあえず」はほんとに副詞なんだろうか。

おれはクローゼットから黒いスーツを取り出した。「紳士服のコナカ」で買ったやつだ。中にはパリッと糊の効いた白いシャツと黒いネクタイ。みんな白洋舎から戻ってきたばかりだ。クリーニング代はしめて千五百三十三円。それにサングラスとボルサリーノで決まりだ。

「やりすぎはいかん」とボスはよくいう。

「お前、『ブルース・ブラザース』の太った方にそっくりだっていわれてるが、ほんとうか？」とも。

そんなことは心得てる。鏡を見て、おれもびっくりしたぐらいだ。町を歩いてると、「映画の撮影ですか」ってよくいわれるしな。だが、おれにはおれのやり方がある。ボスにだって口出しなんかさせやしない。

十一時少し前、西荻窪の駅に着いた。おれはホームを見回した。間違えようがない。あの写真に写っていた貧相な三十八歳のぶ男が、ホームの真ん中のベンチにぼんやり座っている。

おれはキヨスクでスポーツ新聞を買い、ベンチにつかつかと近寄った。そして、怪しまれないように、そっと男の横に座り、新聞を開いた。おれは新聞を見ているふりをした……が、いつもの癖でつい真面目に読んでいた。

「槇原敬之　夏にも新曲」

「スタローン　20世紀最低の男？」

気がつくと、男はおれの新聞を覗きこんでいる。失敬なやつだ。礼儀を教えてやらなきゃならん。おれは身体を横にしてやつに新聞が見えないようにした。すると、やつはいった。

「あんた、おれになんか用？」

おれの背中を冷たい汗が流れた。どうしてバレたんだ？

「なんで、おれがお前に用があると思うわけ。あんた、ちょっと自意識過剰なんじゃないの？」

おれは平静を装って訊ねた。やつは顎をしゃくった。ホームを見てみろという意思表示のようだ。午前十一時。西荻窪のホームにはおれとやつしかいない。駅員さえいない。四人掛けのベンチが十二あって、そのうちの一つにおれとやつは肩をくっつけあって座っている。おれは唸った。

「用がないっていっても信じないよな」

やつは黙ってうなずいた。

「わかったよ。確かに、あんたには用がある。だが、それを教えるわけにはいかん」

「なんで？」

「いろいろ訳ありなんでね」

「ちょっと訊いてもいいかい？」

「答えられる範囲なら」

「人違いじゃない？　ほんとに、おれに用があんの？」

「それなら心配ない。間違いなくあんただよ。サラ金四十社から金を借りてて、その利息が月に百万。人間ドックに入ったら超音波診断で膵臓に影があった。精密検査したら、やっぱり腫瘍だった。一緒に住んでる母親はボケて、二日に一度は寝ションベンする。庶務課の女に手をつけちまったのが奥さんにバレた。携帯を家に置き忘れたのが失敗だった。発信記録を調べられて女のところに繋がっちまったから。それから家に帰ってない。明後日が監査で、使いこみがバレそう。一泊二千八百円のカプセルホテルに泊まってた。サウナ付きだ。けど、金がなくなったので、昨日は二十四時間営業のジョナサンの禁煙席にいた。食べたのは山菜うどん定食。コーヒーのお代わりはなし。でもって、会社には一週間行ってない。三日に一度しか歯を磨かない。口が臭い。あんたは、いわゆる『行き詰まってる』ってやつだ」

　やつはあんぐり口を開けたままおれを見ていた。おれは顔をそむけた。報告書にある通り。あんた、口が臭いんだよ。

「なんで……なんで……そんなに詳しく知ってるの？」

「仕事だからね」

「じゃあ、おれがなぜここにいるかも？」

おれは黙ってうなずいた。やつは奇妙な声を出した。

「ふうむむむっ」

それは聞きようによっては悲鳴にも聞こえた。といっても、聞いたのはおれだけだが。

やつはふらふら立ち上がった。それからおれを変な目で見た。それから、のどの奥から絞り出すような声でいった。

「わかったぞ！　あんた、死神なんだ」

「ちょっと違うよ。そう思うやつも多いけど」

「どう違うんだ？」

「ひとことでは説明できんね」

「ちょっと興味があるな」

「知っても、どうにもならんと思うけど」

「そうかい」

やつはタバコを取り出した。おれはスーツの内ポケットからライターを出し、火をつけてやった。サーヴィスだ。やつはうまそうに煙を吸いこんだ。

「あんた、吸わないの？」

「最近、禁煙してるんだ」おれは答えた。

「そりゃ、いい心がけだ！」

やつは黙ってタバコを吸い続けた。おれはやつの邪魔にならないよう静かに新聞を見ていた。不意にやつがいった。

「死んだらどうなるんだ？」

それもよくある質問だ。おれはやつの顔を覗きこんだ。真剣に答えを聞きたがっているようじゃなかった。おれはいった。

「だいたい想像の通りだよ」

「へえ」

やつは気のない返事をした。それからタバコを足元に落とすと踏み消した。やつはなかなか次の行動に移ろうとしなかった。

おれはぜんぜん慌てなかった。ものごとには順序というものがある。こちらはただ待ってるだけでいい。誤解してもらっちゃ困るが、おれたちは別になにかを働きかけてるわけじゃない。

やつがいきなり立ち上がった。そして、ゆっくりゆっくり線路の方へ近づいていった。思いつめた顔つきだった。なにか考え事をしているように見えた。けど、ほんとはなにも考えてなんかいやしないのだ。おれにはよくわかっていた。白線のところまで行くと、やつはクルリとUターンしておれの前に戻ってきた。

「昨日のロッテ・横浜のオープン戦だけど、どっちが勝った?」

「22対6でロッテの勝ち」

「誰がそんなに打たれたんだ」

「斎藤隆だよ。2イニング投げて、被安打10、失点10、自責点10」

「そりゃひどい!」

やつはもう一度Uターンした。人生最後のUターンだ。今度は自信を持って歩いていた。ちょうど電車が入ってくるところだった。上り快速電車東京行き。やつは白線を越え、ホームの端を越え、それから……ちらっとおれの方を振り返った。

なにかを確かめたかったのかもしれない。おれはニッコリ笑ってやった。やつにはっきりわかるように。営業用スマイルだけど。また戻って来られては困るしな。やつは最後になにかいった。ちょうど電車が入って来るところだった。けたたましい音がした。だから、なにをいったかおれにもわからない。

そういうことが気になって仕方のないやつもいる。でも、おれは気にしない。なにをいおうとどうせ死んでしまうんだ。気にしてどうなる。

やつの姿が消えた。電車のブレーキの音がした。おれもベンチから腰を上げた。駅員が走ってくる。あちこちからたくさんの人間が走ってくる。

「さて」

おれは下りの電車を待った。今日は『愛の貧乏脱出大作戦スペシャル』を見よう。


おれがまだこの仕事をはじめたばかりの頃だ。おれが行った先は小説家だった。なんだか、おれは嬉しかった。まあ、要するにミーハーだったわけだ。芸能人とか政治家とか、そういうやつらのところにいくのが楽しかったんだ。

そいつは机に向かってなにか書いているらしかった。そして、それはどうやら重要なにからしかった。おれはそいつの仕事の邪魔をしちゃいかんと思って、部屋の中でそいつの机からいちばん遠いところにある本棚の下に座りこんでいた。

「うるさい」

おれが少しでも動くと、そいつは文句をいった。

「気が散る。動くな」

息するだけで、本やらペンやらが飛んでくる。いやはや。おれは銅像みたいにしゃちほこばって座っていた。しばらくすると、やつは一息つきにおれの傍にやって来た。

「あんた、その恰好なに？　なにかの余興？」

「いや、そういうわけでは」

やつは手帳を取り出して頁をめくった。

「おかしいな。今日、約束はないんだけど」

そいつはおれをジロジロ見ていた。どう説明したものやら。おれは困っていた。どこまでしゃべればいいのかおれにもよくわからなかった。まあ、いまでもよくわからないのだが。この仕事、実はマニュアルもなにもない。経験で学ぶしかないのである。

「あんた、どこの出版社？」

「いえ、別に出版社に勤めてるわけじゃないんです」

「わかった、税務署の人だね」

「うーん。方向性としては正しいかもしれませんが、やっぱりちょっと違うかな」

おれはそいつをじっくり観察してみた。痩せこけて、髪が伸びていた。左右ちがう靴下をはいていた。パンツは後ろ前にはいていた。目は黄色く濁って、身体の輪郭がぼやけていた。ほら、よくいるじゃないか。「影が薄い」ってやつ。というか「死相が現れてる」ってやつ。おれなんか来なくても、直接葬儀屋を呼んだ方がいいんじゃないか。おれはそう思った。

「おい、ジロジロ見んなよ。あんた、探偵かなんか？」

「すいません。目つきが悪いから、よくそういわれるんです」

「思い出した！」

そいつは大声で叫ぶといきなり立ち上がった。そして、震える指でおれをさし、怒りに満ちた様子でいった。

「あんた、おれの女房と寝ただろ！　どこかで見たと思ったんだ」

「あんたの……女房？　尻にオーストラリアの形をした赤い痣のある、おっぱいがたれて両肩にたすきみたいに乗っけられる女の人のことをいってんの？」

「そうだよ」

「だったら、おれじゃないよ。人違い」

「ほんとに？」

「ほんとだってば」

「じゃあ、あれはいったい誰なんだ？」

「さあね」

やつは信じられんという顔をした。それからおれたちはしばらく話をした。といっても、話をするのはやつばかりだった。

やつはセックスとか神話とか癒しがどうのとか、どうでもいいような話をした。映画とか酒とか政治の話もした。おれは聞いてるふりをしていた。

おれが唯一気にいったのは、やつが子供の頃の話だった。

「おれの家は会社の敷地の中にあったんだよ。会社といっても製鉄所でさ、いくつも溶鉱炉があったっけ。溶鉱炉ってのは火を消しちゃいけないんだ。だから、休日でも関係なく年中高熱で燃えてるんだな。その頃、社宅に住んでるガキ共のいちばんの遊びは工場の裏の池に山ほどいるザリガニを捕まえて溶鉱炉に放りこむことだった。ザリガニはいくらでもとれた。いくらでもな。なにしろ、とれたザリガニの皮を剝きその肉を糸で縛って放りこむとすぐに二匹新しいザリガニがくっついてくる。お前が食ってるそれ、仲間の肉じゃないか。絶対頭がどうかしてるぜ。いや、こいつら考えるだけの頭がないんじゃないか。おれたちはそう思ったよ。それから、おれたちは全員バケツに一杯のザリガニを持って工場に出勤した。工員はどこにもいない。だから、おれたちは一匹ずつザリガニを溶鉱炉に放りこんでいった。ぴきぴき動いている真新しいザリガニは溶鉱炉に放りこまれた瞬間に固まったみたいに動かなくなった。それから色が変わっていった。毒々しい暗紅色から、オレンジに、やがて白熱した光を発して形がなくなっていった。ついさっきまで生きていたとは信じられない。たぶん、休日ごとに千匹は溶鉱炉で燃やしたんじゃないかな。ある日、おれたちは工員のひとりに見つかった。そいつは朝鮮人で、リとかキムとかいったっけ。ガキ共！　くそガキ共！　おれたちはワッと叫んで逃げ出した。溶鉱炉はそいつが見張っているので、おれたちは、ドラム缶に満タンの硫酸の中に放りこむことにした。ふだんはそれで鉄を洗うんだ。なんのためだか、よくわからんが。ドラム缶は背が高かった。おれたち全員の背より高かった。だから、おれたちは木の箱を拾って台にした。そして、ザリガニを放りこんだ。硫酸の中に落ちるとザリガニ共はジュッと音を立て、それから白い煙を出すと、たちまち暗い緑の海の中に沈んでいった。いくら投げても、同じことの繰り返しだった。こいつはたまらん。おれたちはそう思った。溶鉱炉に投げこむ時のようなときめきが感じられん。でも、他にすることがなかった。おれたちはドラム缶の硫酸にザリガニ共を投げこみ続けた。そしたら、ある日、またしても朝鮮人のリだかキムだかに見つかった。このくされガキ共！　汚らしいチビ共！　悪戯ばかりしやがって！　おれたちは我先にと逃げた。殺されるんじゃないかと思った。あんまり慌てて溶鉱炉の中に飛びこみそうになったやつもいた。おれたちは溶鉱炉にもドラム缶にも近づけなくなった。リだかキムだかがいつも見張っていたからだ。ある日、クレーンがワイヤで巨大な鉄板を持ち上げていた時のことだった。クレーンが旋回した拍子に、その勢いでワイヤが切れた。鉄板はフリスビーみたいに空中を飛んで、ひとりの男の身体をきれいに真っ二つにした。男は二つに分かれて地面に転がった。工員たちが男の周りに集まった。男というのは、あのリだかキムだかだった。リだかキムだかの上半身は、一生懸命、下半身を引き寄せようとしながらこういっていたそうだ。くそガキ共！　くされガキ共！　なあ、あんた、それはないと思うだろ。無実の罪だよ、そんなの」

無実の罪ね。無実。誰でもそう考える。ちょっと考える限りは。だが、ほんとのところはどうなんだ？　その時だ。やつがいった。

「なにか飲みたくない?」

「そうですね、軽くビールかなにか」

「だろ、だろ。じゃあ、そこの自動販売機まで行って買って来るよ」

「あの、おれが行きましょうか」

「いいの、いいの。見ず知らずの人を使うわけにいかんだろ」

やつは立ち上がった。それからドアを開けて出ていこうとした。

「おい、あんた」

やつはドアを開けたまま、顔だけこちらに向けていった。

「ほんとに会ったことない?」

「ないです」

「それならいい」

やつは出ていった。完全に。もうその部屋に帰って来ないことをおれは知っていた。でも、おれはかっきり三十分待った。もしもってことがある。これもボスの口癖だ。完全なんてものはないんだ。どんな場合にも。おれは時計を見た。四十五分経過。なぜだか、部屋がどんどん寒くなってきた。凍えるばかりに。一時間たった。電話が鳴った。おれは呼び出し音の数を数えた。1、2、3、4、5、6、7までで数えるのは止めた。しつこすぎる。おれなら5回鳴らして出なかったらさっさと切っちまう。電話の音が止んだ。そして、また鳴った。おれは数えなかった。好きなだけ鳴らすがいい。電話はそれから鳴ったり、止んだりを繰り返し、突然、沈黙した。やつが姿を消して一時間半たっていた。おれは部屋を出ることにした。もう充分だ。おれの役目は終わりだった。

で、おれはいつものようにテレビを見ていた。玄関のチャイムが鳴った。ドアの向こうから声が聞こえた。

「バイク便です」

おれはドアまで歩いていった。ドアの下から紙封筒が出てきた。おれはいった。

「サインは?」

「いりません!」

「あっ、そう」

おれは屈んで封筒を取り上げると、静かに破った。報告書と写真が入っていた。おれはソファにもたれて報告書を読みはじめた。テレビの画面では殺し屋が犠牲者に銃を突きつけていた。殺し屋の名前はルイスだった。ルイス・S。ルイスはいった。

「あんたが何をしたのかおれは知らんが、あんたはもうおしまいだぜ、兄弟。なんの慰めにもならんだろうが、あんたを始末するこのおれも、同じくらい絶望的さ。まあ、あんたの方はまだいい。おれに二発ぶちこまれたらそれでおしまいだけど、おれはまだ生きていかなきゃならないんだ」

ふん。おれは呟いた。少しはわかってるみたいだな。ほんの少しだが。

（初出「文學界」二〇〇〇年五月号）

素数

テルオがノブヒコに会ったのは少年鑑別所だった。テルオが部屋に入った時にはもうノブヒコがいた。ノブヒコは部屋の奥でひとりで本を読んでいた。そういう場所にふさわしくない感じの少年だった。

「おい」テルオはその部屋にいるひとりに話しかけた。ぜんぜん冴えないやつだった。瞼が腫れて、目の玉がほとんど見えない。15歳で女のヒモをやっていてペニスに歯ブラシで作った小さな球を18個も入れていた。そういうアホがいることは週刊誌で読んで知っていたが、見るのははじめてだった。

「あいつはなんだ?」

「あいつかよ」そのアホ、夜中になると毛布にくるまって女みたいな声で喚きながらオナニーする15歳のヤクザはいった。

「あれはほっとけ。自分の父ちゃんをゲンノウで殴り殺したやつだぜ」

「ゲンノウって?」テルオの疑問はまずそれだった。

「トンカチのデカイやつ」

「あっ、そう」

それだけいうと、テルオはノブヒコに近づいていった。後ろで、アホが、一日中自分が女とどんな風にヤッたかばかり話しているアホが、水に溶かしたシャブをペニスにつけてあそこにいれるといかに女がヨガるかその話ばかりしているアホがなにかいっていた。

「おい、近づくのは止せ。そいつ、341回も殴ったから、最後には父ちゃんの頭なんかなくなってたらしいぜ」

300……回? なにが?

テルオはノブヒコの前に立った。部屋の中がしんと静まりかえるのがわかった。部屋の中の全員が耳を澄ましていた。部屋の中の全員が、安全な場所にいてなにが起こるのか見守っていた。

「お前、300回も自分のオヤジの頭を殴ったらしいな」

ノブヒコは読んでいた本から顔を上げた。

その時の印象をテルオは長い間忘れることができなかった。人を殺したことのある人間は独特の感じがする。その感じはそいつに会ったことのない人間には絶対わかからない。「絶対」という言葉はそれ以外に使うべきではないと思えるぐらいだ。なんともいいようのない感じだった。全体に顔色がくすんでいるように思えた。だが、よく見ると、ふつうのやつより血色がいいのだった。ごみ捨て場のような匂いがする気もした。しかし、よく嗅いでみても（そんなことをする必要はないが）、なにも匂わない。そいつの周りだけ空気が違っているとか、そんな感じでもない。わかるのは「違う」ということだけだ。それ以外はどうでもいい。そしてその感じは悪くなかった。テルオにとっては。

「３４１回だよ」

「なにが?」

「回数が」

「ほんとかよ」

「数えてたから間違いないよ」

テルオはある直感によって次の質問を発した。ノブヒコを尋問した警官や検事や裁判官や精神科医たちには思いつけなかった質問だった。

「３４１回でなきゃならなかったのか?」

「そうだよ」

「なんで?」

「３４１というのは特別な数だからだよ」

「特別だって?」

「ああ。ｎを素数とし、ａを整数とするなら、a^n-a はｎの倍数となる。これは、ある数が素数かどうかを判断するいちばん簡単な方法の一つなんだ。このテストに失格した整数は絶対に素数じゃないが、合格したからといって絶対に素数だとは断言できない。これは 2^n-2 を順に計算していけばわかるんだよ。このｎが３４０以下なら素数と非素数は判別できるけど、３４１となると違う。３４１は11×31で合成数なのに、$2^{341}-2$ の約数となってテストをすり抜けてしまう。つまり、これは最小の擬素数ということになるんだ」

「つまり、３４１回じゃなきゃいけなかったわけだ」

「違う」ノブヒコは強い口調でいった。

「ほんとうは５６１回のつもりだった」

「５６１の方が３４１よりいいわけなんだな」

「もちろん、そうさ。３４１は素数のように見えるが、$3^{341}-3$ は３４１じゃあ割り切れない。だから、３４１の正体はすぐにわかる。しかし、５６１は違うんだ。$2^{561}-2$、$3^{561}-3$、$4^{561}-4$、つまり $a^{561}-a$ のａにどんな整数を入れても５６１の倍数になり、しかも５６１は11×51だから合成数で、つまり最小の『絶対』擬素数というわけさ」

「じゃあ、５６１回殴ればよかったじゃないか」

「２５７回まで数えたところで、もう殴るものがなくなったことに気づいたからね。あとはただ３４１回まで枕を殴ってただけだよ」

「257ってのにも意味がある？」

「あるよ。17を中心にして整数を渦巻状に書いていくんだ。最初は17の右に18、18の上に19、19の左に20、その左に21、こんどは下に降りて22。そうやってこの渦巻を272まで伸ばすと16×16の整数の枡ができる。その整数の枡の右の頂点が257で、そこから左の下の頂点の227まで斜めに数えていくと、257、199、149、107、73、47、29、19、17、23、37、59、89、127、173、227と整数が16個あって全部素数なんだ」

「なるほど。でも1を中心にしちゃいかんのかい？　おれにはその方がキマッてるように思えるけどな」

テルオはノブヒコの顔にはじめて表情らしきものが浮かぶのを見た。それはどうやら嘲りのようだった。

「オイラーの公式も知らないの？　素数を求めるいちばん簡単な公式だよ。n^2+n+17、このnに0を代入すると17だ。なんで、1なんて頓珍漢な数からはじめなきゃならないんだ」

そういうとノブヒコは本に戻った。

悪くない。テルオはノブヒコのことが気に入った。

テルオが他人を気に入ることは滅多になかった。たいていの人間が気に入らなかった。

たいていの人間がやっていることが気に食わなかった。他人のすることは、なにもかもが腹立たしく、馬鹿馬鹿しいだけだった。間抜けな面をして、見当外れのことばかりしている。それをどうやら「生きる」と呼んでいるらしかった。そんな連中がどうして、平気で生きていけるのかテルオにはわからなかった。だから、鑑別所にいる短い間、テルオはもっぱらノブヒコとばかり話した。といっても、ノブヒコは無口な人間だった。一日中、壁にもたれて本を読んでいた。そして、気が向くと、ノートになにか書いていた。

テルオが覗きこむと、それはみんな数字だった。

「いや、これはみんな数字なんじゃなくて、みんな素数なんだ」

テルオが訊ねると、ノブヒコはノートになおも数字を、というか素数を書きつけながらいった。

「そんなのいくらでもあるんだろう?」

「いくらでもあるさ。でも、いままで見つかった最大の素数は$2^{3,021,377}-1$で、それ以上の素数はまだ発見されていない。この2^n-1も素数を見つける公式の一つだけど、間違いやすい。メルセンヌが$2^{13}-1$、$2^{17}-1$、$2^{19}-1$、をそれぞれ素数だと宣言したのは１６４４年で、それは当たっていたけど、$2^{67}-1$も素数だというもう一つの予想は２５０年もたってやっとはずれていたのがわかったんだ」

テルオはその小さな数字を見つめた。２の横についている小さな67が不快な感じだった。頭デッカチで、いまにも倒れそうだった。

「2の横の67というのがイヤだな。なんだか、見てると気持ち悪くなってくるぜ」

「そうかい」

ノブヒコは$2^{67}-1$を鉛筆で消すと、その代わりに147,573,952,589,676,412,927と書いた。

「これならどう?」

「いいね。そいつは悪くない」

ノブヒコはさっき書いた長たらしい数字の横に＝193,707,721×761,838,257,287と付け加えた。

「ほら、素数じゃないだろ?」

「らしいな」

部屋の他の連中はノブヒコに話しかけようとしなかった。それどころか、見ようとさえしなかった。それどころか、たまたま視野にノブヒコが飛びこんでくると慌てて目をそらし、剝き出しの便器を見るふりをしたりするのだった。ノブヒコを見ると、目から致命的なウイルスが入ってくると思いこんでいるのではないかとさえテルオは思った。だいたいその理由がテルオにはわからなかった。父親を殺したせいなのか? それとも、あの素数のせいなのか?

テルオはノブヒコに興味を持ったが、ノブヒコの方はテルオに興味を示さなかった。拒否もしなかったが、自分から話しかけてくることはなかった。ノブヒコの目に自分がきちんと映っているのか、テルオにも自信はなかった。そこで、テルオは話をしながらノブヒコを注意深く観察してみることにした。

すると、テルオがなにかを話しかけると、ほんの時々だが、ノブヒコが返事をしながらテルオを見ていることがあるのに気づいた。だが、残念ながらノブヒコはテルオを見ているのではなかった。確かに、ノブヒコの目には自分の姿が映っていた。しかし、それでは「見た」ということにはならないのだ。じゃあ、この「素数」オタクはいったいなにを見ているんだ？

もしかしたら、おれの中には素数に似たものがあって、それが素数かどうか、こいつは探っているんじゃないだろうか。テルオはなんとなくそんな気がした。だが、確信はなかった。テルオはもともとひどく勘のいい少年だった。だが、この「問題」に関してはどうしても勘が働かないのだった。

ある日のことだった。昼休みの時間だった。少年たちは鑑別所の広い運動場に座りこんでぼんやり空を見上げたり、二重の金網とその天辺の有刺鉄線で仕切られた、少女棟にいるスケに向かって卑猥な言葉を投げかけたりしていた。昼休みが終わると体育の時間だった。だが、教官は時間になっても少年たちを放っておいた。だから、ただ長い昼休みが無為に続くだけだった。

塀の外から音楽が流れていた。くだらないポップスだった。だが、少年たちには天上の音に聞こえた。少年たちのうち何人かは泣きはじめた。別の何人かは「アッチ向いてホイ」をやりはじめた。時間はいくらでもあった。

お調子者がひとり「賭けようぜ」といった。

「どんな賭け?」誰かがいった。

「わからねえ」最初にいったやつが肩をすくめていった。

「今夜の巨人・阪神戦はどうだ」別のひとりがいった。

「おれは巨人が勝つと思うけど、阪神に勝ってほしいからな。そういう賭けはダメだ」また、さらに別のひとりがいった。そして、少年たちは勝手に自分のいいたいことだけをいいはじめた。

「おれが家裁から逆送されて起訴されるか、釈放されるか、少年院かじゃどうだ?」

「バカだなおまえ、一回初等へ送られてるから、今度は中等か特別少年院へ送られるに決まってるじゃん」

「サイコロ振るか?」

「こいつのいうことを聞くのだけは止せよ。こいつイカサマ麻雀でアゲられたんだぜ。なにするかわかんねえからな」

　結局、少年たちはその運動場にいる全員の誕生日について賭けをすることにした。なぜそうなったのか誰にもわからなかった。少年たちはこっそり差し入れてもらったウィスキーやエロ本や、白昼堂々と塀の外から放り投げてもらった（！）タバコを賭けることにした。イカサマがないように、テルオが少年たちひとりひとりから誕生日を耳打ちしてもらい、それを小さな紙切れに書きこんでいった。少年たちは、テルオならイカサマなんかしないだろうと思っていた。もちろん、ノブヒコだってしないだろう。だが、少年たちは相変わらず、ノブヒコの存在だけは無視していた。

　全員の誕生日を書き入れると、テルオは紙を折り畳んで、制服の胸ポケットに押し込んだ。

「で、どういう賭けにする？」テルオはいった。

「わかんねえ」誰かがいった。

「誕生日が同じやつがいるかどうかは？」また別の誰かがいった。

「いいんじゃないか」

　テルオはまた、ひとりずつ少年たちに答えを訊ねていき、それをさっきの紙に書き込んでいった。すべてが終わると、テルオは結果を発表した。

「ここにいるのは全部で61人。おれはみんなの誕生日を知っているから、この賭けから除かれるとして、参加者は全部で60人。そのうち、誕生日が同じ人間はいないと思うやつが59人。誕生日が同じ人間がいると思うやつはひとり」

少年たちの視線がノブヒコに一斉に向けられた。ノブヒコはその視線に気づかないようだった。いや、自分がどこにいるのかさえ気づいていないようだった。

「おまえ、なにか賭けるものがあるのか?」テルオはいった。ノブヒコは持っていたノートをゆっくりと差し出した。テルオは紙を広げた。広げるまでもなかった。

「4月1日生まれが二人、6月4日生まれが二人、12月23日生まれが二人。ということは、誕生日が同じ人間がいるということだ」

ノブヒコは差し出したノートを黙って取り戻すと、立ち上がった。そして、部屋へ帰りはじめた。少年たちの間にシラケた空気が流れた。しかし、それは一瞬のことだった。塀の外からまた別の甘い、くだらない音楽が流れはじめた。金網の向こうで髪の赤い、若い女がおっぱいを見せていた。股に手をあて、腰をふっている女もいた。少年たちは歓声をあげ、口笛を吹いた。

夕食が終わると、テルオはノブヒコの隣に座った。

「おい、カラクリはなんだ?」テルオはいった。

「カラクリ?」

「ふざけるなよ。おまえ、答えを知ってたんだろう? どこかでみんなの身上書でも見たんじゃないのか？」

「簡単な確率の計算だよ。誕生日が同じ人間がいる確率はほとんど100％だったけど」

「確率？　わからねえな。誕生日が365日で、人数が61人なら、確率は61/365だろう？　ざっと計算しても、6分の1じゃないか。どうして、100％になるんだ？」

ノブヒコの顔に表情が生まれた。それが嘲りの表情であることがテルオにはわかっていた。その表情を見るのは二度目だった。

「61人全員が違う誕生日になる確率を最初に求めるんだ。最初のひとりの誕生日を1とする。次の2人目の誕生日が、ひとり目と違う確率は364/365、3人目の誕生日が最初の2人と違う確率は363/365、4人目の誕生日が最初の3人と違う確率は362/365、こうやって計算していくと、61人目の誕生日が最初の60人と違う確率は305/365だ。ということは、61人全員が違う誕生日を持つ確率は、このすべてを掛け合わせればいいから、364/365×363/365×362/365から305/365でざっと0・005となる。1－0・005＝0・995だから、61人のうち誕生日が一致する人間がいる確率はおよそ99・5％だ」

「なるほど」テルオはいった。他にいいようがなかった。こいつがいうんだから、間違いはないんだろう。テルオは思った。それだけのことだ。

「ひとつ惜しかったことがある」テルオはいった。

「おれとおまえは誕生日が一日違いだったよ。もう一日、おれが早く生まれていたら、あと一つ、誕生日が同じ組ができたってわけだ」

次の瞬間、テルオは驚いていた。ノブヒコの表情が不意に変わったのだ。それはテルオがはじめて見る表情だった。嘲りでも、憐れみでも、無関心でもない、要するに形容のしようのない表情だった。もっとも、ノブヒコの表情はどれも形容のしようがないものばかりではあったのだが。

「一日違い？　きみは何日生まれだって？」

「七月十五日だよ、おれは。おまえは十四日だろ？　一日違いってわけだ」

「714と715だ」ノブヒコは嬉しそうにいった。テルオは夢でも見ているのかと不安になった。ノブヒコは明らかに喜んでいるようだったからだ。こいつが、この化け物が嬉しそうな顔をしてやがる！

「なんだって？」

「ぼくが714で、きみが715だ」

「そうだよ」

テルオは首をひねった。ノブヒコは興奮しているようだった。だが、テルオにはその理由がさっぱりわからなかった。

「もしかして、714と715は連続する素数なのか？」

「ぜんぜん違う」ノブヒコは断固としていった。「714は2×3×7×17で、715は5×11×13なんだ。ということは714×715は2、3、5、7、11、13、17の積、つまり最初の7つの素数の積になるんだ。そればかりじゃない。もっと驚くべきことは2＋3＋7＋17は5＋11＋13に等しい、つまり714の素因数の和は715の素因数の和に等しいんだ！　わかるかい？　こういう性質を持つ連続する整数のペアは非常に少ない。最小は5と6のペアだけど、これは誕生日の数字にはならない。残念なことに、誕生日になれる数字は11から1231までの間に限られていて、その間にこういうペアは6つしかないんだ」

テルオはノブヒコの反応を確かめるようにいった。

「で、714と715ではどっちがエラいんだ？」

「対等に決まってるだろ」

「それならいい」

テルオはノブヒコというものにだいぶ慣れはじめていた。だから、よくはわからないが、714と715というふたつの数字に、偶然以上の繋がりがあること、そしてノブヒコが714と715という数を通してテルオを見ようとしているらしいことに気づいたのだった。

それ以来、テルオとノブヒコは「友人」になった。ノブヒコの目にテルオはきちんと映っているようだった。714と715のおかげだとテルオは思った。

ふたりはよく話をした。もちろん、数字に関する話だった。それ以外の話をしても、ノブヒコは返事をしないからだった。逆に、テルオが数字の話をすると、ノブヒコはすぐに反応するのだった。

「2は最小の素数だろ?」部屋の中の便器に座ってウンコをしているノブヒコにテルオはいきなり話しかけた。それぐらいの知識ならテルオも身につけはじめていた。

「そうだよ」

「他に意味はないのか?」

「2の意味?」

「そうだよ」

ノブヒコは1・5秒ほど考えるとこういった。

「1000000と1000100の間にある素数の数かな」

「おまえ、まさかほんとに数えたんじゃないだろうな」

テルオは冗談のつもりでいった。するとノブヒコはこう答えた。

「1000000000までは実際に数えてみたよ。ガウスもちゃんと自分で数えたらしいからね。ガウスの答えは間違ってなかったよ」

その時、テルオの頭に浮かんだのは、どこまでも続く数字の列、どちらを向いても数字しか存在しない空間の中をゆっくりと歩いていくノブヒコの姿だった。

また、テルオは壁にもたれて昼寝をしているノブヒコにいきなり話しかけてみたりもした。

「なあ、奇数と偶数ではどっちがイケてると思う？　やっぱり対等かな」

すると、ノブヒコは目を見開き、間髪を入れずにこういうのだった。

「偶数だよ」

「なんで？　２で割り切れるから？」

「違う。すべての偶数は二つの素数の和として表せるからだよ。４は２＋２、６は３＋３、８は３＋５、もっと聞きたい？」

「２１０００なら？」

「17＋２０９８３だけど」

「もういいよ」

「だけど、問題がひとつあるんだ」

「何だよ」

「それは証明されてないんだ」

「簡単そうに見えるけどな。お前、証明してみりゃいいじゃないか」

ノブヒコは不思議な表情を浮かべた。新しい、テルオが見たことのない、そして例によって形容しがたい表情だった。

「やろうとしているんだけど、できない」

するると、こいつにもできないことがあるわけなのか。テルオはそう思った。そして、この謎めいた、いったいなにを考えているのか理解できないこの少年の目に外の世界がどう見えているのか知りたいと思うのだった。

そうやって日が過ぎた。ある日、職員がやって来て、部屋の鍵を開けた。そして、テルオを指さしてこういった。

「ここから出ていっていいらしいぜ」

テルオは僅かな持物を小さな布でくるむと、ノブヒコのところに行った。

「じゃあな」

「ああ」ノブヒコは書きかけのノートに視線を落としたままいった。

「ひとつ聞いておきたいんだが、おまえ、なんで父親を殺っちまったんだ?」

ノブヒコは顔をあげた。おかしな表情だった。もしかしたら、それは表情というものではないのかもしれなかった。ノブヒコはテルオを見た。だが、どこにテルオがいるのかわからないみたいだった。

「まあいい。それより、最後になにか数字を教えてくれないか。すごくいい数字を」

ノブヒコに表情が生まれた。ものすごく遠くから帰ってきて、クタクタに疲れ、三日間眠りっぱなしでようやく目が覚めたというような表情だった。

「一つの数字かい？　それとも、ペア？」

「おまえのいちばん好きなやつでいいよ」

「２２０と２８４」ノブヒコはいった。「２２０の２２０以外の約数は1、2、4、5、10、11、20、22、44、55、１１０で、全部足すと２８４になる。２８４の２８４以外の約数は1、2、4、71、１４２でこれを全部足すと２２０になる。そういうペアは１０００以下ではこれしかない」

「ありがとよ」

テルオは部屋を出る時、一度だけ振り返った。残った少年たちはみんなうらやましそうにテルオを見つめていた。もちろん、ノブヒコはノートを見ていた。あるいは、ノートの上に書かれた数の連なりを。

テルオは鑑別所の門の前に駐車していた巨大なリムジンに乗りこんだ。ドアが閉まると、リムジンは音もなく動きはじめた。黒いサングラスの男が、テルオが口にくわえたタバコに火をつけた。車の前と後ろのスピーカーから音楽が流れていた。テルオはスモークガラスの向こうの世界を眺めた。それは、鑑別所の中で想像していたものより、ずっとぼんやりしていた。輪郭があやふやだった。その影のような世界を、薄いワンピースを着た、豊かな胸の、あるいは長い脚の女たちがたくさん歩いていた。なんだ。テルオは思わず口に出していった。なんだ、そうか。

もちろん、またレイプしてやる。テルオはそう思った。徹底的にな。そのことを考えると、テルオは愉快になった。

「おい」テルオは外の建物の一つを指さし、サングラスの男にいった。「あれ、何だか知ってるか?」

「109ですか?」サングラスの男は静かに答えた。

「素数なんだぜ」

申し分のない日だった。天気はよく、女たちは美しかった。テルオはシートを斜めに倒すと目を閉じた。リムジンは走り続けた。

(初出「文學界」二〇〇〇年六月号)

SF

窓の外にクレーターが見えた。

どうしようもなく、暑かった。そんな気がした。気のせいかもしれなかった。レオンは温度計を見た。摂氏24度。人間にとって適温は何度なんだ？　それすら、レオンにはわからなかった。ところで、なんでレオンなんていうんだ？　そう、おれは思った。おれは最近どうかしてるみたいだ。気がついたら、自分のことを「レオン」と呼んでる時がある。「おれ」でいいじゃないか。だいたい、レオンって、ほんとにおれの名前なんだろうか……。

おれは食堂へ入っていった。ラッキーがビールを飲んでいた。テーブルの上にはビールの空き缶が並んでいた。1本、2本、3本……。おれは数えるのを止めた。おれはバーテンダーじゃない。ウェイターでもない。ラッキーの空き缶の数を数えて、その代金を請求しなきゃならんわけじゃない。

「なんで、真っ直ぐ並べるんだ？」おれはいった。

「えっ？　なに？　なんかいった？」ラッキーは濁った目をおれに向けていった。まったくひどい目だった。白目の部分がなかった。そこは全部、赤と茶色が入り混じったドブみたいな色になっていた。

「なんで、空き缶を一直線に並べていくんだよ」

ラッキーはビールの空き缶を真っ直ぐ並べていた。しかも、等間隔だった。ラッキーはそのために専用の定規を持っていた。そして、ちびりちびりビールを嘗めるように飲みながら、空き缶を正しい位置に置いていくのだった。

「なんで……なんでって？　悪いのか、それ」

おれはラッキーを睨みつけた。精一杯。ものすごい目で。

「イライラするんだよ」

「じゃ、止すよ」

おれはニッコリした。おれがテーブルから離れると、ラッキーは空き缶の直線をていねいに崩しはじめた。もちろん、定規を使って。やつはいい仕事をするだろう。几帳面だからな。

おれはテーブルの隅のロッキングチェアにはまりこんで身体を揺すっているビッグ・ジョーのところへつかつかと歩み寄った。ビッグ・ジョーはヘッドフォンをつけ、陶酔の極みとでもいうべき表情を浮かべていた。あるいは死の苦悶というか。あるいは……あるいは、発作を起こした類人猿というか。

「ビッグ・ジョー」おれはいった。

ビッグ・ジョーはおれの声が聞こえないようだった。相変わらず恍惚としていた。口を半開きにして、そこから涎が垂れはじめていた。そして、返事をする代わりに、細長い手を前に突き出し、まずぶるぶる震わせると、空中で打ち振ってみせた。なんだよ、そりゃあ？　ビッグ・ジョー、そいつはなんの仕種だ？　神様へなんか合図を送っているとでもいうのかよ。

「ビッグ・ジョー」おれはもう一度、重々しい声でいった。

ビッグ・ジョーは、おれの声を無視して、そのまま痙攣運動を続けた。それは宗教的といっていいえないこともなかった。おれはビッグ・ジョーの耳からヘッドフォンをひったくると、おれの耳にはめた。音はしなかった。なんにも。

「ビッグ・ジョー。おまえの番だぜ」

ビッグ・ジョーは少しずつ、「ここ」へ戻ってくる気配を見せた。つまり、ビッグ・ジョーは少し前からどこかへ行って留守で、このビッグ・ジョーはほんもののビッグ・ジョーの脱け殻なんだ。おれはそう思うことにしていた。なぜかというと……その方が、腹も立たないからだった。

「ビッグ・ジョー。おい、ビッグ・ジョーよ。気が狂ったふりは止めろってば。いや、気が狂っててもいいけど、とにかく、仕事だけはやってくれ」

「おまえ……誰だ?」ビッグ・ジョーはいった。どうやら、「ここ」に戻ってきたみたいだった。しかし、この有様では戻ってきてもこなくても同じだったかも。

「なにいってんだ。おれだよ、おれ」

おれは「レオンだよ」といおうとしたが、それは止めた。なんだか確信が持てなかった。そして、それをビッグ・ジョーに悟られるのがイヤだった。

「火星人っているかな」いきなりラッキーがいった。どうやら、空き缶の建築工事は終わったみたいだった。

「火星人? 火星人なんかいるもんか」おれはいった。

「じゃあ、金星人は?」

「それもいないね」

「なあ、もしかしたら、おれたちってほんとうはもういないんじゃないか?」震える声でラッキーはいった。ラッキーの目の玉は飛び出しそうだった。なにかよほど恐ろしいものを見たか、あるいは、思いついたみたいだった。

「なんだって? ラッキー、おまえ、頭がどうかしちまったんじゃないか? おれはここにいる。おまえもそこにいる。それから、ビッグ・ジョーも」

おれはビッグ・ジョーを見た。ビッグ・ジョーは再びヘッドフォンを装着し、げらげら笑いながら身体をぐるぐる回転させていた。ビッグ・ジョーはまた遠くへ行ってしまったようだった。確かにな、ラッキー。ビッグ・ジョーだけはここにいないのかもしれん。あれはビッグ・ジョーの脱け殻なんだ。

「違うんだよ」

「なにが？」

「そういう意味じゃない。おれがいいたいのは、もしかしたら、おれたちはみんな、火星人か金星人に身体を乗っ取られてしまったんじゃないかってことなんだ」

「なんだって！」

「だから、おれたちは確かに元のおれたちに見えるけど、それは表面だけのことで、中身の方はすっかり火星人や金星人と入れ替わってるんじゃないかと思うんだよ」

「ラッキー。はっきりいえよ、おれはおれの恰好をしてるけど、火星人か金星人じゃないかと疑ってんだな？」

「いや……そういうつもりでは……」

「じゃあ、おまえが火星人か金星人なのか？」

「まさか！」

「絶対に？」

ラッキーは怯えた表情になっておれを見た。自信がないんだ。おれ？　おれだってそうだ。一日に六回は、自分がほんとは火星人か金星人か、あるいは地底人かなんかじゃないかと思えてくる。

「ビッグ・ジョー！」

ラッキーが悲痛な叫び声をあげた。ビッグ・ジョーがいつの間にか、ラッキーが座っていた椅子に座っていた。そして、ビールを飲みながら、ラッキーが折角並べた空き缶を積み上げてせっせとピラミッドを作っていた。

「なにするんだ！　空き缶を積むんじゃない！　だいたい、なんだよその積み方。グラグラして、いまにも倒れそうじゃないか」

「おまえこそ、空き缶を並べるのは止せ！　端から見ても、ぴったり重なって一本にしか見えないなんてどうかしてる！」

「なんだと！」

ラッキーは血相を変えてビッグ・ジョーに詰め寄ろうとした。おれはふたりの間に割って入った。

「はい、ちょっと待って！　両者、コーナーに分かれて！　おい、ビッグ・ジョー、空き缶はラッキーの領分にしとけよ。おまえ、遠慮ってものを知らんのか？」

ビッグ・ジョーは黙って椅子から立ち上がった。憤懣やる方ないといった風情だった。

おれはロッキングチェアに向かって歩きだしたビッグ・ジョーの肩を摑んだ。折角「ここ」へ戻ってきたのだ。逃がしてたまるか。

「おまえ、仕事はどうしたよ？」

「仕事？　なに、それ？」

「観測データを地球に送らなきゃならん。今日はお前の番だろ」

「観測データ？　地球？　おれが？」

ビッグ・ジョーは奇妙な顔つきになった。なにかとてつもないものを発見したとでもいいたげだった。たとえば……たとえば、望遠鏡を空に向けると半径2万光年もあるおまんこが浮かんでいたとか。いや、それじゃあ、あんな顔つきにはならんか。

「観測データ？　えっ？　地球に？　か・ん・そ・く？　デ・ー・タ？　ち・き・ゅ・う？　ええええっ？　なんだってえ！」

「ビッグ・ジョー、ビッグ・ジョー！　畜生！　ラッキー、こっちへ来て、このアホをおれと一緒に押さえつけろ！」

おれとラッキーは喚いているビッグ・ジョーの上に馬乗りになった。いや、ビッグ・ジョーが暴れたくなるのも無理はない。なにしろ、地球と連絡がとれなくなってもう三年以上もたつのだ。

ある日、いつも来るはずの定例の連絡がなかった。次の日も。それからまた次の日も。最初のうち、ビッグ・ジョーは機械が故障したんだろうといっていた。しかし、こちらの機械は故障していなかった。じゃあ、あっちの機械だ。そうビッグ・ジョーはいった。日々が過ぎた。一週間が一ヶ月になりやがて一年になった。

「長すぎる」今度はいきなりラッキーがいった。

「機械の故障にしちゃ長すぎるな」

するとたちまちビッグ・ジョーは不機嫌になった。

「もしかしたら、おれたちはテストされてんじゃないか？　なにか、目も眩むような画期的なプランがあって、おれたちはそのために選ばれた特別なメンバーだったのかも」おれがいった。

すると、ビッグ・ジョーは機嫌を直した。

「なあ、おれたちが毎日送ってるあの観測データなんだが、ほんとに地球に届いてるのかね」ラッキーがいった。

すると、ビッグ・ジョーはまたしても不機嫌になった。

「届いてるに決まってるじゃないか。それだけじゃない。おれたちにはわからないが、世界中の天文学者や物理学者が失神しちまうような、とんでもない情報が満載されていたことがわかっててんやわんやなんだよ。だから、おれたちに連絡するのを忘れてるんだろべた。

う。よくあることさ」おれはデカい声でいった。

するると、ビッグ・ジョーはこれ以上はないとでもいうような零れるような微笑みを浮かべた。

「いや、やっぱり届いてないような気がする」ラッキーは沈鬱な声でいった。

「きっと地球とここの間に、電波を妨害するなにかが発生して、おれたちが送ったデータも、地球からのデータも、みんなそこで遮られてるんじゃないか？　いや、おれたちの送ったデータは届いてるのかもしれん。ただ、そいつを受け取る人間がいないだけなんじゃないか？　なにかおれたちの想像を絶することが地球で起こって、世界は終わっちまったのかもな」

ビッグ・ジョーがラッキーに摑みかかった。おれはビッグ・ジョーとラッキーが床の上を転げ回っている間中ずっと、ビールを飲んでいた。

「どこへ行くんだよ」ラッキーの首をぎゅうぎゅう絞めながら、ビッグ・ジョーがおれに向かって突っかかるようにいった。

「しょんべん」

おれは宇宙ステーションの中のトイレに入った。おれはしょんべんしながら、その器官をじっと見つめた。それまでにも、おれは何万回となくしょんべんし、当然のことながら何万回となくそいつを眺めてきた。だが、その時は違った。まるではじめて見るような気がした。吐き気がするほどおぞましかった。そして、そいつはなんだか、おれとは別の異生物みたいだった。おれはそいつから視線を逸らし、上を眺めた。真っ赤な電球がピカピカ光っていた。そんなグロテスクなものが頭の上にあったことに、その時おれははじめて気づいた。おれは吐きそうになるのをかろうじて我慢すると、食堂へ戻った。

おれがしょんべんから帰ってくると、取っ組み合いは終わっていた。ラッキーは缶ビールを飲み、それから定規で測りながら空き缶を並べていた。ビッグ・ジョーはというと、ヘッドフォンを耳につけ、ロッキングチェアに沈みこんで手だけを大きく打ち振っていた。

それは二年前のことだった。たぶん。いや、もっとずっと前のことのような気もした。まあ、どっちだって同じことだが。

「さて」おれはいった。別に意味なんかなかった。とりあえずなにかいってみたというだけの話だ。ビッグ・ジョーが暴れ、レオンとラッキーが押さえこむ。あと何回、それを繰り返せばいいんだ？　レオン？　おれ、また、レオンっていったのか？　おれはゾッとした。ほんとに。

ビッグ・ジョーはとうに静かになっていた。ぴくりともしない。おれはゆっくりと立ち上がった。ラッキーもゆっくり立ち上がった。ラッキーの尻の下にあったビッグ・ジョーの顔は死人のように青ざめていた。

「ビッグ・ジョー」おれは片膝をつき、ビッグ・ジョーの耳もとで囁きかけた。

「生きてるか？」

「生きてる」消え入るような声でビッグ・ジョーがいった。少なくとも、おれにはそう聞こえた。

「ラッキー、聞こえたか？」

「うんにゃ、なんにも聞こえねえ」

「そうかい。じゃあ、おれの空耳なのかもな」

おれとラッキーは、さっさとテーブルについた。そして、缶ビールを飲みはじめた。どういうわけだか、缶ビールだけはいくらでもあった。飲みながら、おれとラッキーは床に転がっているビッグ・ジョーを眺めていた。もしかしたら、あれはおれの空耳でビッグ・ジョーはほんとは死んだのかもしれなかった。

二十三分ほどして、ビッグ・ジョーの手がぴくりと動いた。それから、脚。やがて、ビッグ・ジョーは生き返ると、ふらふらがくがく、壊れたロボットみたいにヨロメキながらテーブルまでやってきた。そして、ドシンと音を立てて椅子に座った。おれたちはビッグ・ジョーの顔をしばらく覗きこんでいた。ラッキーが心配そうにおれにいった。

「こいつ、ほんとはロボットじゃないのか？」

「なんでだよ」

「だって、見ろよ！　こいつ、さっきから一回もまばたきをしてねえんだぜ！」

「気のせいだよ。ラッキー、おれにはまばたきしてるように見えるけど」

「いや、絶対にしてない！」

「だったら、どうなんだ？　おまえ、そんなに気になるのか？」

「いや、それほどでも」

　おれはビッグ・ジョーの方に向き直ると、優しい声でいった。

「ビッグ・ジョー、ビール飲むかい？」

「飲む」

　おれは缶ビールのプルリングを引き抜くと、ビッグ・ジョーの手に握らせてやった。ビッグ・ジョーは、というか、ビッグ・ジョーの恰好をしたそのロボットくさいやつは、缶ビールを少しずつ口のところに近づけていった。ラッキーが悲鳴をあげた。

「ビッグ・ジョー！　おまえ、半分以上こぼしてるじゃねえか！」

「黙ってろ、ラッキー！　三分の一は口の中に入ってる。だったら、いいじゃないか。どっちみち、みんな、しょんべんになっちまうんだし」

「また、こぼしてる！　見ろよ！　こいつ、飲んでねえんだ！　ほら、のどぼとけが動いてないだろ！」

「ほっとけってば。ほら、ラッキー。この空き缶やるから、ビッグ・ジョーのことは忘れて、ちゃんと並べとけ」

「信じられん！　どうして、気にならないんだ？」

その時だ。いきなり、ビッグ・ジョーがすらすらしゃべりはじめた。ビールが効いてきたにちがいない。

「信じられんていえば、ハリーだよな。あいつ、どうしてあんなに弱いんだ？」

「ハリー？　ハリーって？」おれはいった。

「お前、どうかしてんじゃないか？　ハリーっていえば、ハリーだよ」ビッグ・ジョーは訝しそうにおれの顔を見ていった。

おれは、空き缶を並べているラッキーに訊ねた。ビッグ・ジョーが完全に直ったかどうか、なんとも判断がつきかねたからだ。

「ラッキー、お前、ハリーって知ってるか？」

「ハリー・ドブスのことかい。そういえば、あのメガネ野郎、ここ二、三日、姿を見かけないな。病気になってんじゃないか？　あれだけヤラれたら、ふつうのやつなら寝こんじまうものな」

すると、ビッグ・ジョーは呆れたようにいった。

「二、三日？　もう一週間は、あのアホ面を見てないような気がするけどな。ラッキー、おまえがカモっちまうからいけないんだ」

「いいがかりは止せ。あのチビから搾れるだけ搾ったのは、お前だろうが。あいつ、もう、コテンパンに打ちのめされて、息することもできないぐらいだったじゃないか」

おれは缶ビールを飲み干した。美味いのか不味いのか表現に苦しむ味だった。そして、それは、今日二十本目の缶ビールだった。今日といったって、地球的な意味でだが。なにしろ、ここの一日は九千時間もあるんだから。そして、おれは呻いた。

まったく、まったく。おれ、どうかしてるんじゃないだろうか。あのおどおどした小男をグウの音も出ないぐらい叩きのめしたのをすっかり忘れてた。おれは、次の缶ビールを開けながらこういった。

「おい、みんなでハリーを呼びにいこうぜ」

おれたちは一列になり廊下を歩いていった。天井の電球はほとんど消えていた。しばらく歩くと、廊下の真ん中に「お掃除ロボット」が倒れていた。おれたちはそいつを跨いで、さらに前進した。途中で、ビッグ・ジョーとラッキーがしょんべんしたいと騒ぎだした。そこで、おれたちはトイレに立ち寄った。だが、おれは中には入らなかった。まだ我慢できたからだ。おれはトイレの前でやつらを待ってやった。しょんべんが近いやつにギャンブルのうまい人間はいない。

やがて、おれたちはハリー・ドブスの部屋の前に到着した。おれたちは顔を見合わせた。おれがドアをノックした。

「……誰?」

部屋の中から、怯えたような声が聞こえた。

「火星人、金星人、そして地底人だよ」ビッグ・ジョーはそういうと、なにがおかしいのかゲラゲラ笑いだした。

「ハリー、早くそのごみためから出てこいよ。続きをやろうじゃないか」ラッキーがいった。

「……続きって?」か細い声だった。栄養失調で死にそうな九十八歳の老いぼれみたいな声だった。

「とぼけてんのか、おまえ? 続きといやあ、ゲームの続きだよ」ビッグ・ジョーが笑いながらいった。

「……でも、おれ、やんなきゃならないことがあるから……」

「開けろ!」ラッキーはそういうと、ドアを両手で殴りはじめた。

「……待って……ちょっと……待って」

やがて、ハリー・ドブスが出てきた。予想通り、ひどいご面相だった。ぶあついレンズの眼鏡をかけ、その下のまん丸な目は干からびた井戸の底みたいに生気がなかった。そして、背は140センチぐらいしかなく、頭はほとんど禿げていた。ハリーはおどおどしながら、おれたちの顔を順に眺めていた。おれ、ビッグ・ジョー、ラッキー、おれ、ビッグ・ジョー、ラッキー、またしても、おれ……。どうやら、最初に誰に話しかければいいのか、決めかねているようだった。決断力が皆無なのだ。

「ハリー」おれはいった。「行こうぜ」

おれたちはハリーの周りを取り囲み、意気揚々とゲーム室に向かった。ビッグ・ジョーなんかは口笛を吹いていた。ゲーム室に着くと、おれたちはさっそくゲームをはじめることにした。ゲームの種類はなんでもよかった。どのゲームをやっても結果は同じだったからだ。

「さて、ハリー」おれはいった。「おまえ、覚えてるか？　おれへの借り、三億だぜ」

「おれには五億五千万……ぐらいだったかな。細かい数字は忘れちまったけど」ラッキーがいった。

「ハリー」ビッグ・ジョーはいった。「八億にまけといてやるよ。仲間だもんな」

ハリーは黙っていた。唇がぶるぶる震えていた。瞼も震えていた。それから膝も震えているようだった。どうした、ハリー。風邪でもひいたのか？

おれたちがやったのはマージャンだった。ハリーはパイを積むことさえできなかった。積もうとすると、指の間からパイがこぼれ落ちるのだった。仕方ないので、おれとビッグ・ジョーとラッキーが代わりに積んでやった。もちろん、おれたちは好きなパイを好きなところに積んだわけだが。

　ゲームがはじまった。いきなり、ハリーが勝った。おれは肩をすくめた。ビッグ・ジョーとラッキーは顔を見合わせた。次のゲームも、ハリーの勝ちだった。そのまた、次も。ハリーはもちろん、相変わらず他人にパイを積ませていた。つまり、おれたちがパイを積んだのだ。おれたちはだんだん露骨になっていった。一々、パイをひっくり返して、それがなになのか確認してから積んだ。それでも、ハリーが勝った。楽勝だった。

「どうなってんだ?」ビッグ・ジョーがいった。

「わからん」首をひねりながら、ラッキーがいった。「たぶん、やつには今世紀最大のツキが来てるのさ」

　おれは用心した。なにかが起きていることはわかっていた。だが、それがなになのかはわからなかった。

　ハリーは続けて十六回勝った。ビッグ・ジョーとラッキーは缶ビールをがぶ飲みしていた。だが、おれは飲まなかった。こんな醜いチビスケに誤魔化されてたまるものか。

　十七回目だった。おれは場を見渡した。「白」が三枚出ていた。「中」も四枚、「發」も四枚。おれの「白」は四枚目だ。つまり、「白」だけは絶対安全だということだ。おれは、悠然と「白」を出した。

すると、おれの真ん前の、落ち着きをなくしてさっきから舌なめずりばかりしているアホがいった。

「す、す、すいません……その『白』で当たり」

「なんだとお！」

おれは呻いた。場に三枚あったはずの「白」がいつのまにか二枚に減っていた。だが、おれは動揺したりはしなかった。やつの動作を見逃しもしなかった。おれはハリーの腕を摑むと、そのままねじあげた。

「ハリー！　その手の中に握ってるやつを出せ」

ハリーはぶたれた犬みたいな目でおれを見た。その目にはもううっすらと涙が滲んでいた。

「なんだ、それ？」おれはいった。

ハリーの手の中から転がり落ちたのは、おれの予想とはちがったものだった。それは鶏の玉子ぐらいの剝き出しの安っぽい金属の塊で、表面にいくつも小さなボタンやスイッチがついていた。おれはもう一度、断固とした調子でいった。

「なんだよ、それ？　おい、いいかげんなことをいったら、只じゃすまんぞ」

「それは……それは……ある種の機械なんだ……」ハリーは半分泣きながらいった。

「そんなの見ればわかるさ」

ビッグ・ジョーの拳がハリーの腹にめりこんだ。やつは目を白黒させて床に倒れた。

「止めてくれよ。それは……つまり、簡単にいうと……時間と空間の……位相を反転させる……機械なんだ」

「位相を……反転？」おれは首をひねった。おれは、このアホが科学者かなんかだったことを思い出した。

「いや……空間の量子……論的性格を変える機械……といった方……が正しいんだけど」

「つまり、それで、三枚あったはずの『白』が二枚になったりするんだな？」

「それは……この機械の能力の……ほんの……一部……」

「なあ、ハリー。おまえ、いつも部屋にこもってなにをしてるかと思ったら、こんなイカサマ機械を作ってたのかよ」

ラッキーのキックがハリーの口に命中した。ハリーが呻こうとすると、今度はビッグ・ジョーの正確なキックが腹に突き刺さった。その瞬間、ハリーの口の中から血と歯が混じったものが勢いよく飛び出した。

「ハリー」身体を折り曲げ、ぜいぜい荒い息を吐いているハリーの顔に顔を近づけておれはいった。

「イカサマするのに機械に頼らなきゃなんないのか、おまえ」

「……ソノタメジャ……ナイ……シダ……」

「なんだって?」おれは耳をハリーの口もとに持っていった。

「おい、聞こえないじゃないか」

おれはそのまましばらく耳をハリーの口もとに近づけていた。のどがゴロゴロ鳴っていた。なんだかひどく苦しそうだった。たぶん、イカサマを悔やんでいたのだろう。良心の呵責ってやつだ。

「もういい。ほっとけ、そんなやつ」ビッグ・ジョーがいった。

おれたちは食堂に戻った。そして、また缶ビールを飲んだ。いったい、どのくらい飲んだか、おれたちにもわからなかった。なにしろ、おれたちは起きている間中ずっと、缶ビールを飲んでいるからだ。飲みながら、おれたちは神の話をした。それから、性病の話も。なんか、テレビの話もあったかもしれん。確か、ラッキーはガーデニング関係の話をしていた。もと住んでいた地球の家の庭に植えてあるハーブがどうなったかえらく心配しているようだった。

おれが二回目のしょんべんから帰った時だ。

「あのアホ、どうなったかな」ビッグ・ジョーがいった。

「もう起きてきてもいい頃だがな」ラッキーがいった。

そこで、おれたちはよたよたしながら、ゲーム室へ戻った。ハリーはまだ転がっていた。おれたちがその部屋を出た時と同じ姿勢だった。おれはまたハリーの口もとに耳を寄せた。まるで音がしない。おれはやつの胸に耳を押し当てた。

「死んでるみたいだ」おれはいった。

「そうかい」ビッグ・ジョーはつまらなそうにいった。

「どうする?」ラッキーがいった。だから、おれはいった。

「棄ててこよう。見苦しいからな」

おれたちは宇宙服に着替えた。そして、ハリーを引きずってステーションの外へ出た。もちろん、ハリーは宇宙服なしだった。重さは感じなかった。ここは重力がほとんどない。風船を引っ張って歩いてるようなものだ。百メートルほど歩いたところで、ビッグ・ジョーがおれの肩を叩いた。ビッグ・ジョーがヘルメットの中でなにかを喚いていた。おれは胸のスイッチを押した。

「ばか野郎。胸のスイッチを入れろよ。そしたら、音が聞こえる」

ビッグ・ジョーが胸のスイッチを押した。すると、耳のあたりからビッグ・ジョーの声が聞こえた。

「もうこの辺でいいじゃないか。帰って、ビールでも飲もうぜ」

「いいよ」

おれたちはハリーを放り投げた。ハリーは、どこまでも空高く舞い上がっていった。

「この後、どうなるんだ?」耳もとでビッグ・ジョーの声がいった。

「やつはあのままどんどん上がってゆく。上がって、上がって、そして、そのうち落ちはじめる。一億年もすればもどってくるさ」

「そうかい」

おれたちは、だるそうに足を引きずってステーションへ戻った。そして、缶ビールを飲みはじめた。


四回目の(つまり、ステーションへ戻ってから二回目の)しょんべんの後だ。

おれたちは食堂にいた。そして、缶ビールを飲みつづけていた。ビッグ・ジョーはヘッドフォンをつけて腕を振り回していた。ラッキーはもちろん、空き缶を並べていた。おれは……おれは考えごとをしていた。

「ラッキー」おれはいった。

「なんだよ」

「あの機械はどこだ?」

「機械?」

「あの、馬鹿野郎が作ったイカサマ機械さ」

「あれか。あれなら、ビッグ・ジョーが持ってる」

おれはビッグ・ジョーの頭からヘッドフォンをはずし、それから耳もとで囁いた。

「ビッグ・ジョー、あの機械をよこせ。あの、玉子の出来損ないみたいなやつ」

ビッグ・ジョーはポケットから機械をとりだして、おれの掌に乗せた。おれは、その機械をじっくりと眺めた。

「これでなにができるって?」おれはいった。

「論理がどうとかいってたな、確か」興味なさそうにラッキーはいった。「それから、量子がどうとか」

「それと、マージャンパイが入れ替わるのとどういう関係があるんだ?」

「知らねえよ」

おれはなおしばらく玉子を見つめていた。そして、スイッチの一つを入れた。


ちょっとした変化が起こった気がした。いや。気のせいなんだろうか。


「あいつ、あのイカレポンチは、部屋に閉じこもってずっとこれを作ってたんだよな」おれはいった。

「そうだよ」ラッキーがいった。なんだか、ひどく投げやりな感じだった。

「ということは、とうぜん実験なんかもしたわけだ。やつが部屋の中で実験したとして、それはどれぐらいの効き目だったんだ？　部屋の中しか影響を受けなかったのか？　おれたちのところまでか？　それとも……それとも、もっとずっと遠くまでなのか？　いや、それとも、やつはずっと前から、この機械を使ってたのか？」

　なんだか、イヤな感じだった。頭の奥の方に、朦朧としたなにかが詰まっていて、吐きそうだった。おれは玉子を見た。見ていると吸いこまれそうだった。おれはだんだん腹が立ってきた。ラッキーも、ビッグ・ジョーも、それから、いままさに空高く昇っていこうとしているハリーも、この宇宙計画も、地球も、宇宙も、なにもかもうんざりだった。おれは玉子についてるスイッチやボタンをでたらめに押しはじめた。


「なんだよ」おれはいった。

ビッグ・ジョーとラッキーが同時に立ち上がった。

「ふたりともしょんべんか？」

ビッグ・ジョーとラッキーはお互いに顔を見合わせていた。

「やつの部屋に行かなきゃ」ビッグ・ジョーは怯えたようにいった。

「どうして」おれはいった。

「どうしてって……そう思えるからだよ」

「おれもだ」青ざめた表情でラッキーもいった。

「なにが?」
「どうしても、やつの部屋に行かなきゃならないんだ」
「だから、どうして?」
「だから……だから、どうしてもそう思えちまうんだよ!」

おれたちは、やつの部屋の前にいた。部屋の中から、音が聞こえていた。おれはドアに耳を押しつけた。人の声のようにも、鳥の鳴き声のようにも、風の音のようにも聞こえた。ドアは中から鍵がかかっていた。おれは鍵をとりだした。

ドアを開ける前に、おれはノックした。なんだか、その方がいいような気がしたからだ。

そして、おれはゆっくりとドアを開けた。

(初出「文學界」二〇〇〇年七月号)

ヨウコ

なんどもためらったあげくだった。

なにを恐れてる？　スズキは自問自答を繰り返した。別に、おれはなにも恐れてない。それはウソだった。スズキは自分がなにかにひどく怯えていることを知っていた。だが、それがなになのかはいまだにわからなかった。


ある日、スズキはダッチワイフを買うことに決めた。通信販売で、値段は消費税こみで十二万六千円だった。

スズキは雑誌の広告を見ると、すぐに電話をかけた。もちろん、鼻をつまんでだ。

「雑誌の広告を見たんだが」

「はいはい。二十周年特別企画第二弾ですね。広告でご覧になったと思いますが、先着二百名様限定で、残りは少なくなっております。８タイプございまして、頭部はマグネット・ボルトジョイント式……」

「いや、それじゃないんだ」

「清楚なお嬢さまタイプで長い黒髪にややシャギーのかかった『蘭』、社長秘書タイプの『クレオ』は細面でプラチナブロンドのウェイビーなセミロング……えっ、なんとおっしゃいました？」

「だから、そっちじゃないんだよ」

「さようですか。『アリス』の方で？」

「ああ」

「はい、こちらもたいへん人気の商品で。頭部はとりはずし自由、しかも首ふり自由。直接お確かめになりたいお客さまには、完全予約制のショールームがございますが……」

「いや、別に見なくてもわかるから」

「お客さまはなかなかお詳しいようでございますね。ならば、やはり、限定タイプをお勧めいたしますが。これは、いままで、どんなアダルト・ドールにも満足できなかったお客さまからも絶賛をいただいております。いまなら、分割払いもOK、ボーナス時一括払いも承っております。二十周年記念のためローン金利も０％。もちろん、頭部はオプション購入が可能ですので、最大限８タイプの……」

「おれがほしいのは、それじゃないよ」

「さようで。わかりました。『アリス』でよろしいんですね。こちらには、頭部オーダーメイドサーヴィスもございますが」

「頭部……オーダーメイド？」

「お客さまがご希望の女性のお顔をおつくりするサーヴィスです。写真を送っていただいてもかまいませんし、お好きなタイプを説明していただいてもかまいませんが」

スズキは受話器を握ったまま、少しの間、考えた。

ご希望の女性。なんて言葉だ。胸の中に甘ったるいものがこみあげてくる気がした。そして、スズキはなにかぼんやりとしたものを感じた。それは不思議に懐かしい感じがした。あくまで感じではあったが。

「お客さま？」

スズキは、受話器の向こうの声で我に返った。そして、ゆっくりと答えた。もちろん、鼻をつまんだままだった。

「説明するのは難しいね。広告の写真に載ってたやつ、あれでいいんだ」

「それでは、宛先の住所と氏名をお願いします。銀行に商品の代金を振りこんでいただければ、一週間以内にお届けいたしますが」

「中身を知られたくないんだ」

「わかっておりますとも！　品名は『健康器具』となっておりますから、その心配はご無用です。必要ならば、郵便局留めでお送りすることもできますが」

「それはいいよ。一つ、訊いていいかね」

「なんなりと」

「『アリス』の顔のモデルって、デビューした頃の薬師丸ひろ子？」

「それは企業秘密でして」


銀行に金を振りこんでから五日後、宅配便が届いた。スズキはぐるぐる巻かれたガムテープをカッターで少しずつ切り、ゆっくりと梱包を解いた。

それは身長１４０センチの硬質ビニールとラテックスでできた人形だった。

いままでのダッチワイフはたいてい、90―50―90などというふざけたサイズだった。だが、スズキが買ったダッチワイフはバストが68でウェストが51、そしてヒップが70だった。それはバストもヒップも70以下というスズキの希望を満足させるものだった。

スズキは以前に一度、ダッチワイフの製造会社に電話をかけたことがあった。

「ヒップが70以下のものはないのか」とスズキはいった。

「そりゃ難しいね」電話の向こうで誰かがいった。えらく突慳貪な態度だった。もしかしたら、単なる冷やかしの電話と思ったのかもしれない。

「こういうものを欲しがるやつは、みんな、メリハリの効いたからだが好きだからね、当然ヒップは大きくなるよ」

「じゃあ、ないのかね？」スズキは鼻をつまみながら話した。

「バストは？　バストはいくつならＯＫ？」

「バストは気にしてない」スズキはそう答えた。年齢の割にバストが発達していることはよくあるのだ。

「それなら、なんとかなる」その誰かはいった。

スズキはいわれた額を振り込んだ。三日後、宅配便で荷物が届いた。思ったより遥かに小さな荷物だった。空気注入式はダメだといったのに、だましやがったな。スズキは荷物を包んだ紙を引き裂いた。中から出てきたのは小さなダッチワイフだった。というか、臍から下と太股から上の部分しかないダッチワイフだった。

スズキはそれを……「アリス」を……しばらく感心したように眺めていた。華奢で壊れそうな感じだった。薄いピンクの唇が微かに開いて、中に白い歯が見え、微笑んでいるように見えた。

「名前を決めなきゃならん」

スズキは「アリス」に向かって優しくいった。

「ミツエかヨウコかカオリでどうだい？」

スズキは「アリス」の反応をうかがった。「アリス」は少し困っているようだった。内気なのだとスズキは思った。

「『アリス』はいかん。最近はそんな名前ばかりなんだ。リオナとか、モネとか、リンカとか。いったい、親はなにを考えているのだ?」

スズキには子供に洒落た名前をつける親の気持ちがわからなかった。理解できなかった。狂っているとしか思えなかった。

「ヨウコだ」スズキはいった。「それしかない」

スズキはヨウコにレースのフリルがついた白いパンティをはかせた。ソックスはもちろん木綿の白、スカートはギャザーの入ったグレイの短いものにした。迷ったのは上着だった。スズキはまず半袖の白いワイシャツを着せてみた。なんだか変だった。ヨウコにふさわしくなかった。ロリコン雑誌に出ている女子高生のように不自然で不潔な感じがした。スズキは思い切って派手な（ベネトンカラーの）オレンジとグリーンとイエローのサマーニットを着せてみた。

「似合うよ、ヨウコ」スズキは心の底からいった。

それから、スズキはヨウコを抱きかかえると、部屋の隅に準備しておいた椅子と机のところまで運んでいき、そのまま椅子に座らせた。机の上には「小学4年　算数ドリル」が置いてあった。

「ヨウコ」スズキはいった。

「宿題はやってきた？」

ヨウコは困っているようだった。やる気はあるのだ。それはスズキにもわかっていた。だが、頁を開くと眠たくなってしまうのだ。

「ダメじゃないか」スズキはヨウコの顔を覗きこむようにしていった。

「何度いったらわかるんだい？」

スズキは顔をヨウコの顔に近づけていった。大きな眼が零れんばかりに開いていた。涙で潤んでいるようだった。睫毛が震えているのがスズキにはわかった。憐れみと怒りの両方の感情が同時にスズキの中に湧き上がった。

「誤魔化してはいかん。泣けばいいと思っているのか、ヨウコ！」

誰かが部屋の外にいる気配がした。

「ケンイチ？　ケンイチかい？　誰か来てるのかい？」

「母さん」スズキはいった。

「誰もいないよ。おれだけだよ。部屋で仕事をしてる時は話しかけないようにいってるじゃないか。集中できないんだ。わかってるだろ、母さん」

「すまないね」声はいった。

「父さんが帰って来たのかと思ったんだよ」

「誰もいないよ、母さん」

「そうかい。じゃあ、父さんが戻って来たら、呼んでおくれ」

「わかったよ。母さん」

　しかし、とスズキは思った。死んだ人間が戻って来ることがあるんだろうか？　スズキはなおも部屋の外の様子を窺いつづけた。母親は自分の部屋に戻ったようだった。それから「クロ、クロ」と呼ぶ声が聞こえた。母親は自分の部屋で黒い猫と黒い犬を飼っていた。少なくとも三年前はそうだった。だが、この三年間、母親の部屋に入ったことがないのでスズキにはなんとも断言できなかった。そして、母親はそのどちらも「クロ」と呼んでいた。もしかしたら猫と犬の区別さえついていないのかもしれなかった。

　スズキはヨウコを連れてベッドに入った。もちろん、パジャマに着替えさせてからだ。それから電気を消した。

「ヨウコ」スズキは小さい声で囁きかけた。

「ヨウコ」

　ヨウコはぱっちり目を開けていた。ぜんぜん閉じられないのだ。これでは、薄らバカに見えるじゃないか、畜生！　スズキは呻いた。**先着二百名様限定・8タイプ**ならちゃんと目を閉じることができたのだ。

　スズキは起き上がると、落ち着きを取り戻すために台所へ行って冷蔵庫の缶ビールを飲んだ。2本。それから、小便。スズキは母親の部屋の前に行き、聞き耳をたてた。母親は鼾をかいて眠っていた。スズキは自分のベッドに戻った。ヨウコは相変わらず目を開けていた。しかし、今度はバカには見えなかった。興奮して眠れないのだとスズキは思った。スズキは仰向けになったまま天井を見つめた。それから、あることを思い出した。あることというのは、女を買った時のことだった。その時も、スズキは電話をかけた。もちろん、鼻はつまんでいた。

「若い子とチラシには書いてあったが」スズキはいった。

「もちろん、うちは若い子だけです。他のクラブとは違います」

「ほんとに若い子だろうね」

「もちろん、若い子を伺わせますよ」

「若い……すごく若くなけりゃ困るんだ。他の女では、ダメなんだよ」

「安心してください。最高に若い女の子ですから」

「くどいようだけど、若いってどのくらい若いのかな」

すると、電話の向こうの男は声をひそめていった。

「詳しくは申し上げられませんが、小学生と中学生だけはいません。これで勘弁してください。わかりますね？」

来た女は若くなかった。ホテルの部屋の暗い照明の下でも少なくとも四十代には見えた。生まれてから一度も若かったことなんかなかったという感じだった。女は黙って服を脱いだ。乳房は垂れ、腹が出ていた。太股に刺青があって、陰毛と臍の間に深い皺が見えた。なにより生気というものがなかった。それはただの動く肉塊だった。それから、黙ったまま女はベッドのスズキの隣に横たわった。ふたりは黙ってホテルの天井を眺めていた。退屈な映画を眺めるみたいに。

何分も……何分も……何分も。

永遠より長い時間が流れた気がした。

もしかしたら地獄というところでは時間はこうやって流れるのかもしれないとスズキは思った。

暗闇で、ふたり並んで、ずっと無言だった。耳を澄ますと雨が降る音が聞こえた。気がつかなかった。いつから降っていたのだろう。スズキは思った。一時間前から？　昨日から？　三年前から？

不意に、女が天井を見つめたまま片手でスズキのペニスをしごきはじめた。

単調で、投げやりだった。いや、投げやりですらなかった。その手にはおよそ意志というものが感じられなかった。それから、如何なる感情も。それはいま触っているのがペニスであることさえ知らないようだった。なにかに触っていると思ってさえいないようだった。どこか遠い宇宙の果てに忘れ物をしてきて、そのことが気にかかっているという感じだった。

「おかしいわね、ふつう、勃《た》つんだけど」

部屋に入ってきてから女がはじめていった言葉だった。そして、最後の言葉だった。どうやら、雨は降り続いているようだった。

ヨウコはまだ暗闇を見つめていた。

スズキはヨウコの方にからだを向け、それから、にじり寄るようにしてヨウコにからだをくっつけた。雨の音が聞こえた。気のせいかもしれなかった。最近、いつも雨が降っているような音が聞こえるのだ。

ポツポツポツポツポツポツポツポツポツポツ。

自分がなにをしようとしているのか、スズキにはわからなかった。わかったことがなかった。五里霧中だった。昔からずっと。ただ適当にしゃべったり、泣いたり、怒ったりしてきただけだった。なにかをしようと思ってしたわけではなかった。みんながしているから、しているだけだった。

スズキはヨウコの唇にキスをした。思ったよりずっと柔らかかった。スズキは時々、自分がこわくなることがあった。なにをしているのかわからなくなるからだった。自分がなにをしたいのかわからなくなるからだった。自分がなにを考えているのかわからなくなるからだった。

「どうした、眠れないのか」スズキはヨウコの耳もとで囁いた。「宿題のことは気にするな。宿題がすべてじゃない。おれなんか宿題を欠かさずやってこのありさまだ。だから、ほんとうのところ宿題なんかやろうがやるまいが、そんなことどうだっていいんだ。だが、おれの立場じゃそんなことはいえんのだ。わかってるだろう？　宿題なんかやらんでよろしい。授業中、マンガを読んでいてもよろしい。授業中、隣のクラスまで遊びにいってよろしい。授業中、ジェニー・ドレスデザインコンテスト200０に応募するために、せっせとジェニーのドレスのデザイン原画を描いててよろしい。そんなこといえるわけないじゃないか」

スズキはしゃべりつづけた。ヨウコはほとんど無言だった。ただ小さくためいきをつくだけだった。しゃべっているうちにペニスが硬くなりはじめた。痛いほどの硬さだった。スズキはなおもしゃべりながら、ヨウコのパジャマをまくり上げ、手をパンティの中に突っこんだ。滑らかな表面のある部分に、スズキはヨウコの性器を探り当てた。

もう潤滑ゼリーはたっぷり塗りこんであった。スズキはヨウコにのしかかっていった。柔らかいが少し冷たかった。**人肌に温めてから使用しましょう**。そんなひまはなかった。二十周年記念・8タイプ、「蘭」や「クレオ」ならモーターがついていた。**絶えず人肌に温められていて、いつでも安心して使用することができます**。それからゆっくりと出し入れをはじめた。

どう考えても狂っている！　スズキは思った。一から十まで！　人形相手に！　しかし、どうしても途中で止めることができなかった。具合は非常によかった。いつの間にか、温かくなっていた。潤った感じがしてきた。大きさもちょうどよかった。なにもかもが最高といってよかった。人間の女よりずっとだ。ペニスがすさまじく膨張しているのがわかった。生涯最高の大きさと硬さだった。ヨウコ！　これがお前の宿題なんだよ！　学校の宿題なんかやらんでよろしい！　スズキはヨウコの口を夢中になって吸いつづけた。舌さえ入れようとした。だが、舌は入らなかった。

「ヨウコ、ヨウコ」

ベッドがきしみ、スズキは歓喜の呻き声をあげ、やがてヨウコの上にぐったりと倒れこんだ。

「ケンイチ？」

母親の声がした。部屋のドアを叩いていた。

「ケンイチ？　どうしたんだい？　うなされてるのかい？」

「なんでもないよ、母さん。夢を見ただけだよ。誰だって、夢ぐらい見るだろ？　東京ドームで巨人―中日戦を見てたら、９回裏にバンチが松井にサヨナラホームランを打たれた夢だったんだよ。思わず、声が出たんだよ。なんで、あそこでストライクを放るんだ。ボールでいいじゃないか。そう思ったんだ。わかった？　わかったら、さっさと自分の部屋で寝なよ、母さん」

「ほんとうかい？　すごい声だったけど。誰かに殺されるみたいだったよ。頭でも撫《な》でてあげようか？」

「心配しないでいいんだよ。子どもじゃないんだから。わかる？　おれはもう子どもじゃないんだ。放っておいてくれよ、母さん」

　スズキはヨウコに覆いかぶさったままじっとしていた。時々、思い出したように唇をヨウコの頸筋に這わせたり、髪を撫でたりした。起き上がると、ヨウコの性器をとりだし、洗面所で洗った。**水またはお湯で内部に残ったゼリーと精液を洗浄してください。**きれいになると、性器をヨウコに戻した。**乾燥させる必要はありません。そのままお使いください。**ヨウコは恥ずかしそうに黙っていた。それから、スズキは仰向けになった。ヨウコの手を握った。自分の中でなにかが洗い流されたような気がした。他人に優しくなれるような気もした。「クロ、クロ」と猫だか犬だかを呼ぶ母親の声が聞こえた。スズキは不意にあることを思い出した。なぜ、そんなことをいまになって思い出すのか、見当もつかなかった。スズキは首をひねって、横に寝ているヨウコを見た。ヨウコもこちらを見た。ヨウコの目は美しかった。すべてを見透かしているような目だった。ヨウコにならすべてを見透かされてもかまわないとスズキは思った。それから、またスズキは別のあることを思い出した。そして、さらに別のあることを。そして、いつの間にか眠ってしまった。

次の日、スズキはヨウコを着替えさせてから仕事に出かけた。着いたところは小学校だった。スズキはそこの教諭だった。職員室に入ると、自分の机に座った。それから、周りを見渡した。下品で、いかれた、いかがわしい顔ばかりだった。スズキはそこらの書類をめくりはじめた。すると隣に座っていたタカギが耳もとに口を寄せてきた。タカギは同い年で、歯をヤニで黄色く染めた、痩せた小男だった。

「先生」

「なんですか」

「今度教育実習で来たタナカって学生、見ました?」

「見ましたけど」

「すごいからだですな。スカートもブラウスも動くと破けそうだ。尻なんざ、先生、すごいを通り越してほとんど犯罪ですよ」

「そうですか」

「わたしのところに教材をとりにきた時、ちょっと屈んだら、先生、胸が見えちゃって。ありゃ、乳房じゃない。メロンだな。あれが乳房だったら、うちの女房のはなんですかね。なにか別の器官じゃないかと思えてきますよ。いや、別の生きものなんじゃないですか、ありゃあ」

「別の生きものねえ」

「目の毒ですよ。どこもかしこもはちきれそうで。なにを食ったらあんなからだになるんですかね。わたしは、ああいうのを『吸いこみ型』の女と呼んでるんですけど」

「『吸いこみ型』？」

「見てると吸いこまれそうになる。目も、口も、胸も、尻も、ぜんぶ。ブラックホールですよ」

スズキはなんとも答えようがなかった。すると、タカギはさらに耳もとに顔を近づけ、囁くような声でいった。

「やりたいでしょう、あんたも」

「なにを？」

「決まってるじゃないですか。あの小生意気な女子大生にぶちこんでやりたいでしょう？猿ぐつわをかませて、教壇の机に這いつくばらせてね。スカートをめくりあげ、ちっちゃなパンティを太股に引っかけて、後ろからひいひいいわせてみたいでしょう？　職員室の男は全員、そう思ってますよ。わたしなら両手を後ろ手に縛ってやりますね。後ろから髪を引っ張って仰向かせてやる。反抗的な態度を見せたら、殴ってやる。どうせ、若いボーイフレンドとやりまくってるに決まってるんだ。なのに、学校に来たらなんにも知らないねんねみたいな顔をしやがって。畜生！　そう思いませんか。先生、わたし、この頃そんなことばかり考えてしまうんですよ。教育実習の女子大生が来ると、必ず、そいつとやるところを想像してしまう。以前ならね、それは想像で、絶対自分はそれをやらないだろうと思ってたんですよ。絶対にね。でも、最近、もしかしたら、いつかやってしまうような気がするようになってきた。いや、たぶん、やってしまうだろう……そうじゃない、絶対やるんじゃないか。そんな気がするんです。

ある日、その女子大生が教えてる教室に入っていくんです。

『タカギ先生、なんですか？』

その女子大生がきょとんとした目でこっちを見る。わたしはそいつの頬をいきなり出席簿で張り倒す。そいつは怯えた目つきでわたしを見る。なにが起こったのか理解できない。そんなことは教育学概論にも出てない。教室の生徒たちが騒ぎだす。中にはドアを開けて外へ走りだすやつもいる。もっとも、わたしがそんなことをしなくたって、二、三人はいつもドアを開けてどこかへ行っちゃうんですけどね。

猿ぐつわをかませ、縛りあげ、教壇の机に押しつける。準備完了です。待てよ。猿ぐつわをかませたままじゃ、なにをいってるかわからんから、猿ぐつわははずしておきましょう。

『先生、気が狂ったんですか』とかなんとか。それから、

『先生、止めて、子どもたちが見てるじゃないですか』とかなんとか。

　そしたら、いってやりますよ。

『気が狂ったんじゃない。正常に戻ったんだ。ずっと、こうやりたいと思ってたんだよ。お前のあそこにいれてグリグリやったらさぞ気持ちいいだろう。それればかり考えてたんだよ。おれはずっと思ってた。男なら誰だってそう思うに決まってる。ただ、やらないだけだ。どうして？　みんながやらないからだ。やったらどうなるかわからないからだ。そんなこと、やってみなきゃわからんじゃないか？　それから、なんだって？　子どもたちが見てるって？　見せりゃいいじゃないか。だいたい、他に見せるべきものがあるのか？これがほんとの教育だよ』

　それから、その女子大生のパンティを引き下げる。わたしはズボンは脱がない。絶対に。ジッパーを下げて、あれだけ出すんです。そして、ゆっくりと入れてゆく。わかりますか、先生？　ずっと考えてきたんです。その時が来たらこうしようと。**ゆっくりゆっくりゆっくり**入れてやる。ガキ共がアホみたいに口を開けてそれを見てる。わたしのあれが、女子大生のあそこに**ゆっくりゆっくりゆっくりゆっくり**入ってゆくのをじっと見てるんです。そして、**ゆっくりゆっくりゆっくりゆっくり**、動いているのかどうかわからないぐらい、**ゆっくりゆっくりゆっくり**抜いてゆく。それからまた、**ゆっくりゆっくりゆっくりゆっくりゆっくりゆっくりゆっくり**……」

始業のベルが鳴ったので、スズキは慌てて、職員室を出た。職員室を出る時振り返ると、タカギはまだ机に向かって、なにごとかを呟いていた。歩きながら、スズキは流れる汗を手で拭った。気分が悪かった。裸で眠ったせいかもしれなかった。教室へ着くと、27名の生徒たちが一斉に立ち上がった。

「おはようございます」

黒板に今月の目標が書いてあった。「**助け合い**」

「それでは、出席をとります」

耳の中でジンジン音がした。10歳の女が12名だった。自分がしゃべっている声が遠くから聞こえてきた。27名の中、女は12名だった。その中、8人がバストもヒップも70以下だった。**ゆっくりゆっくりゆっくりゆっくりゆっくり**。スズキは蚊か蠅を追い払うように出席簿を顔の前で振った。誰でもそう考えるわけじゃない。あんたはそうかもしれないが、おれはちがう。みんなはそうかもしれないが、おれはちがう。

「先生、気分悪いんですか?」

確かに気分は悪かった。冷や汗がからだ中から噴き出していた。**10歳の女の子の12個のおまんこ**。**12個のあそこ**。まだきっちりと閉じている**12個のピンク色の入口**。その上のあるかなきかの柔毛。頭の中はそれで一杯だった。スズキは他のことを考えようとした。ユニクロの千九百八十円の新製品のこととか。だが、他にはなにも考えられなかった。スズキは目を固く閉じた。

「先生、大丈夫？」

学級委員のタカミマコが心配そうに見上げていた。ジーンズの半ズボンに白いTシャツ、ブルーグレイの綿のソックス、利発そうな目、後ろに束ねた髪、**つぼみ、ばら色の、割れ目**。

「顔が真っ青ですよ」

「大丈夫」

スズキはなおも戦おうとしていた。それはほんとうだった。おれは戦ってきたんだ。あんたたちは、そうじゃないというかもしれんが。スズキは出席簿を机の上に置き、両の手で耳をおさえた。そして、あることを思い出そうとした。だが、彼の脳裏に浮かんだのは別のことだった。遥かに下劣なことだった。時として、思い浮かべたことがないとはいえなかった。だが、スズキはなんとか力ずくで押さえつけてきた。それが可能だと信じてきた。激しい目まいがした。そして、吐き気も。子どもたちがみんな水槽の向こうにいるようにぼやけて見えた。

「先生」コヤナギシホが席に座ったまままいった。

スズキは後ろの入口の鍵をかけているところだった。そのことに気づくとスズキは呻いた。おれは鍵をかけてどうするつもりだったんだ？

スズキは喘ぎながら教壇に戻った。

「自習してなさい」

もう限界だった。底に穴が開いたような気がした。そして、その穴から濁流が流れこんできていた。スズキは教室からよろめき出た。廊下の向こうで歓声が聞こえた。悲鳴かもしれなかった。タカギの教室の方だった。あるいは、教育実習に来た女子大生の教室の方だった。いずれにせよ、おれには関係のないことだ。スズキはそう思った。

階段を下りて一階にたどり着いた。そこでは平穏に授業が行われていた。何人かの生徒が夢遊病の患者のように廊下をさまよっていた。つまり、なにごともないということだった。一つの教室ではマンモスの体毛の標本の周りにクラス全員が集まっていた。そして、教師がなにかを得意になってしゃべっていた。

スズキは正面玄関から外へ出た。光が溢れていた。小学校の中ではなにか騒ぎが起こっているようだった。だが、スズキは振り返らなかった。遠くから、スズキの嫌いなサイレンの音が近づいていた。スズキはサイレンとは反対の方へ歩きはじめた。向こうからタクシーがやって来た。スズキは手をあげ、タクシーに乗った。

「お客さん、どちらへ」運転手がいった。

「真っ直ぐいって」スズキはなにも考えずに答えた。「三つ目の大きな角を左へ」

タクシーは滑るように動きだした。

「お土産を買ってかえろう」スズキはひとり言を呟いた。

「なにか、あの年頃の子どもが喜ぶものを」

早くヨウコに会いたい。スズキはそう思った。他にしたいことはなにもなかった。

パトカーがどんどん集まりはじめた。たくさんの人々が小学校めがけて走っていた。人々の顔は喜びで輝いているように見えた。


（初出「文學界」二〇〇〇年十月号）

チェンジ

いつかは目が出るんじゃないかと思ってきた。しかし、目は出なかった。二十五の時にそう思った。三十になった時にも。そして、三十五になった時にも。それからは考えなくなった……歳を数えることを。

目が出ないやつはいっぱいいる。そうも思った。

たとえば……たとえば、ゴッホ。やつは、死ぬまでに一枚しか絵が売れなかったそうじゃないか。それを聞いた時、おれはゴッホが好きになった。いいやつじゃないかと思った。一杯飲みながら、背中をどんと叩いて、よっ挫《くじ》けんなよとかなんとかいってやりたくなった。なのに、耳を切るなんてな。早まりやがって。ちょっと性格に問題があったんじゃないか、やつは。

それから、誰だ？　目が出なかったやつは？　イシカワタクボクか？　おれは、年中めそめそ泣いてばかりいた、頭に十円ハゲのある、ちびのロリコンのことを考えた。目に一杯涙をためて、鼻水を啜りながら、見るにことかいて、自分の手なんか見てた暇なやつ。それから……それから……。困るのは、いつもそこで止まってしまうことだ。ゴッホ、イシカワタクボク。おーい、他に誰かいないのか。

そういうわけで、おれは一日中、ゴッホとイシカワタクボクのことを考えていた。すると、アリサはおれがなにか深遠な思索に耽っているんじゃないかと勘違いするわけだ。

「ねえ、なに考えてるの？」

「なにって、いろいろだよ」

「難しいこと？　あたしにはわからないような」

「そうともいえるし、そうでもないともいえるな」

「ちょっといってみてよ」

「1がある」

「1？　1って数字の1？」

「黙って聞け。それからもうひとつ、1。合わせて2だ。そこまではいい。しかし、その先がない。2はあるが3はない」

「3がない……」

「ああ、3がない。そこに根本的な問題がある」

根本的に問題があるのはおれなんだ。アリサはうっとりとおれを尊敬の眼差しで見つめている。しかし、考えてばかりじゃダメだ。おれの経験では三ヶ月しかもたない。だから、考えるのに飽きると、机に向かい紙を広げてなにか適当に書く真似をする。なんだってかまやしない。ゴッホの顔、イシカワタクボクの顔、耳を切ったゴッホの顔、耳を切ったイシカワタクボクの顔……。

「ねえ、なに書いてるの?」

「話しかけるんじゃない! 気が散るだろ!」

それで六ヶ月はもつ。六ヶ月。もういい、十分だ。ゴッホとイシカワタクボクのことを考えるのも、やつらの似顔絵を描くのも、アリサとセックスするのも。そしたら、また酒場かパーティで別の女を見つけるのだ。

おれは、胸の上にでかいピラミッドが二つ乗っている夢を見た。つぶされそうになって、おれはヒーヒー情けない声をあげた。しかし、そのピラミッドたちときたらぜんぜん動きやしない。そればかりか、知らんぷりをして口笛で「夜のストレンジャー」かなんか吹きはじめた。おれは焦って身体を動かそうとした。びくともしない。

その時だ。

おれは、それが夢だってことに気づいた。冷静になれば誰だってわかることだ。バカバカしい。なんで、ピラミッドが二つもおれの胸の上に乗らなきゃならんのだ。一つなら……一つなら、誤魔化されたかもしれんが。

「ふふん」おれはニヤッと笑った。

「余裕見せてるじゃん」ピラミッドたちが同時にいった。ちゃんとハモっていた。

「だって、これ、夢じゃねえか」

「夢？　夢だって？　それにしちゃあ、おまえ、焦ってるみたいだけど」

「最初はな。夢だって知らなかったからだよ」

今度はやつらが焦りだした。ピラミッドたちは真っ赤な顔をしてギュウギュウおれの胸を押しはじめた。

「おい、これでも夢だっていうの？」ピラミッドたちは同時にいった——つもりのようだったが、もうハモってはいなかった。

いったいどういう原理でそうなるのかわからないが、とにかくやつらはどんどん重くなっていった。おれは手足をバタつかせた。ぜんぜんダメ。そのうち気が遠くなってきた。おれはハアハア、口で息をしながらいった。

「往生際が悪いじゃないか。さっさと消えろよ」

「なに？　聞こえないけど」

ピラミッドたちは明らかにムキになっているようだった。しまったとおれは思った。いい方が少しキツかったのかもしれん。たとえ、夢の中のことであるにせよ、これ以上事態をふんきゅうさせるのは得策じゃない。そう思った。それから、「ふんきゅう」って漢字でどう書くのかと。

「ちょっと、おとりこみ中のところすいませんが」おれはそれ以上やつらを興奮させないようにできるだけていねいにいってみた。

「もう止めていただくわけにはいかないでしょうか。すごく苦しいんです、マジな話」

「降参か？」左の方のピラミッドがいった。右のやつはおれを踏んづけるのに夢中で、おれがしゃべったのに気づかないみたいだった。

「まいりました。降参です」おれはやっとの思いでそれだけいった。それが夢だろうが現実だろうが、おれはほんとにまいっていた。

「よし」やつらは勝ち誇ったようにいった。もちろん、今度はハモっていた。

「これに懲りたら、これからはくだらない意地なんかはらないように。わかった？」

「はい」

そしたら、スッと胸が軽くなった。どうやら、夢から醒めたみたいだった。やれやれ。夢の中のやつらのご機嫌をとるのは楽じゃない。おれは寝返りをうとうとした。もう少し寝るつもりだった。だが、まだなんか変な感じがしていた。おれはなんとなく手を伸ばした。

胸の上になにかが乗っかっていた。おれは憤慨した。まだいるのかよ。あんたらもそうとうしつこいね。

そうではないみたいだった。

おれはもう一度、手を伸ばした。というか、そんなに伸ばす必要はなかった。

おれは目を閉じ、それもまた夢だと思おうとした。だが、夢とはとうてい思えなかった。夢なら何十年も見てきた。しかし、これはちがう。ぜんぜん。すごく現実的というか。現実そのもの。まあ、そういうことだ。

もしかしたら、頭がおかしくなったのかもな。心配になったおれはゴッホのことを考えてみた。頭に包帯をまいて、イジけてこっちを見てる肖像画のことを。それから、イシカワタクボクのことも。いつもと同じだ。おかしくなっているとしても、昨日今日の話じゃない。少なくともダービーでキングヘイローの単勝を買った時にはおかしくなっていたはずだ。

おれの胸の上に乗っかっていたのはピラミッドじゃなくて大きな肉の塊だった。

それはおれが動くにつれてゆるやかに震えた。おれは左に寝返りをうった。すると、そいつも左に動いた。おれは右に寝返りをうってみた。やっぱり、そいつはおれの動きについてきた。可愛いやつだ。だが、その動きには少しタイムラグがあるようだった。おれは、意を決して手を下に伸ばしてみた。

あるべきものがなかった。いくら捜しても。逆に、ないものがあった。ないものがある……この日本語、正しいのかな？　わからん。おれは起き上がると、バスルームに行った。そして、鏡を見た。

おれはしばらくの間、鏡を覗きこんでいた。ニキビに悩まされていた高校生の頃以来、それほど熱心に鏡を見るのははじめてだった。

それから、おれはベッドに戻った。そこには、この世のものとも思えぬ、汚らしい、中年の男が鼾をかいて眠っていた。つまり、「おれ」が鼾をかいて眠っていた。

おれは電気をつけた。おれは、そのみっともない、フケだらけのデブにいった。つまり、「おれ」にいった。

「ちょっと起きてくれないか」

そういって、おれは自分の声にギョッとした。なんだか、喉のところに縦笛が入ってるみたいだった。

「起きろってば！　緊急事態なんだよ」

「なに……？」

「おれ」は、というかおれの身体をしたそいつは、おれを見た。最初のうちはなんだかわからないみたいだった。それから、あることに気づいた。それからまた、別のあることに。「おれ」が悲鳴をあげる寸前に、おれは「おれ」の口を両手でふさぐと、囁くようにいった。

「叫びたい気持ちはわかるけど、おれだって我慢してんだから。なっ、いい子だから、ちょっと静かにね」

「おれ」は涙で一杯になった目でおれを見つめた。

「約束できる？」

「おれ」はうんうんと小さく頷いた。おれは油断して手を離した。「おれ」のいかにも真剣そうな顔つきに騙されたのだ。

「おれ」はなんの前触れもなくいきなり叫びはじめた。おれは慌ててもう一度「おれ」の口を塞いだ。

「黙れってば！　それ以上騒ぐと、殺すぞ」

　おれの声はぜんぜんドスが利いてなかった。舌ったらずで、しかも鼻にかかった声だった。だいたい、おれに「おれ」が果して殺せるものなのか、おれにもよくわからなかった。しばらくすると、「おれ」はメソメソ泣きはじめた。どうやら、叫ぶのは諦めたようだった。

「なに……これ？　どっきりカメラ？」

「おれ」は涙でぐしょぐしょになった顔で嗚咽しながらいった。

「だといいんだが」

「あんた……あたしなの？」

「ある意味ではな」

「じゃあ、あたしは誰?」

「それに答えられたやつはいないよ。歴史上もっとも難しい質問の一つだからな」

「お願いだから元に戻して!」

「興奮すんなって! おれだって元に戻りたいんだから」

「気持ち悪い……この身体……」

「おい、おい、喧嘩売る気なのか? それ、元々おれの身体なんだぜ」

「あああ! どうしよう! これじゃあ、お店にも出られない! 明日、パルコのバーゲンなのに……お母さんになんて説明したらいいのよ……あたし、死にたい」

「そんなに悲観することもないんじゃないか。『転校生』って映画みただろ? あれも男と女で身体と中身が替わってたけど、けっこう楽しそうだったぜ」

「これって、よくあることなの?」

「さあな。映画になったぐらいだから、意外とありがちなのかも」

「でも、この身体いやあああ!」

「おれ」は泣きじゃくっていた。見られたもんじゃなかった。おれは「おれ」がこんなに醜い人間だとは思っていなかった。もう少しまともだと思っていた。ところが、ほんとはそうじゃなかった。よく見ると、いいところなんか一つもなかった。額は禿げあがりはじめていたし、目の下は弛んで小さいシミができていた。目は濁って、まるで死んだ魚みたいだった。おまけに、息は吐き気がするほど臭かった。こんな人間、ほんとに生きてる価値があるんだろうか。おれはすっくと立ち上がった。

「あんた……どこ、行くの?」

「おしっこ」

「いやあああ、そんなのダメえええ!」

泣き叫ぶ「おれ」を無視して、おれはトイレへ入った。非常事態だ、遠慮なんかしていられるもんか。

トイレから出ると、「おれ」はベッドに顔を埋めてまだ泣いていた。おれは「おれ」を無視すると、パジャマを脱ぎ、おれのクローゼットから……いやアリサの……いや……とにかく女だったやつのクローゼットから黒いミニのワンピースを引っ張りだした。キャバクラへ勤めに出る時着てるやつだ。

「なにしてんの?」

「着るんだよ」

「着てどうすんの?」

「一杯飲みに行くんだよ」

「絶対ダメえええええ!」

おれは外出するのに少してまどった。「おれ」がものすごい力で引き止めようとしたからだ。あやうく、おれは監禁されるところだった。だが、悲しいかな、「おれ」は力の使い方がよくわかっていなかった。「おれ」はおれの脚に掴まって泣いてるだけだった。おれは「おれ」を思いきり蹴飛ばすと外へ出た。マンションの窓から「おれ」が乗り出して叫んでいた。

「あんた！　あたしの身体に変なことをしたら許さないから！」

おれは「おれ」に向かって中指を立てていった。

「うるせえ！　すっこんでろ！」

コンビニの袋を提げた老婆が口を開けてこっちを見ていた。信じられんという顔つきだった。おれは老婆に肩をすくめてみせた。

「どうなってんのか、おれにもわからん」

それから、おれは行きつけのバーまでタクシーで行った。おれは脚を組んで、シートに深々と腰かけていた。タクシーの運転手はバックミラー越しにおれの方をチラチラ見ていた。どうやら、おれの脚がひどく気になるみたいだった。だから、おれは何度も脚を組み替えてやった。その度にタクシーの運転手は眩しいものでも見るみたいに目をパチパチさせた。おれはそのゲームがだんだん気にいってきた。

おれはバーの中に入っていった。客の視線がおれに吸い寄せられるのがわかった。こっそりおれを見てるやつがいた。食い入るように見てるやつもいた。明らかに感動しているやつさえいた。どうしていいかわからなくて、意味もなく大声でしゃべりだすやつまでいた。おれはスツールに腰かけると、脚を組んだ。スッとワンピースの裾があがった。ほとんどパンティが丸見えになるのがわかった。ゴクリと唾をのみこむ音が一斉にした。

「彼氏は？」ママがいった。

「ふふん」おれはいった。

「なににするの？　いつもの水割り？」

おれは黙ってうなずいた。まだ会話に自信はなかった。おれはママの後ろの鏡を見た。おれが座っていた。ワンピースの胸がはちきれそうだった。剝き出しの脚はまっ白で、その奥に紫色のパンティが見えていた。なんてこったい！　おれは思わず舌打ちしていた。自分に欲情してきちまったじゃないか！

「隣に座ってよろしいですか」

おれは隣を見た。いつも、このバーで飲んでくだをまいている作家だった。もちろん、一度もおれに話しかけてきたことはなかった。おれなんか眼中にないという感じだった。おれを見ても、そこにはおれなんか存在してないという感じだった。いままではずっとそうだった。

「ママ、このお嬢さんにぼくのボトルから水割り作ってあげて」

おれは黙っていた。黙って、出された水割りを飲んだ。他に手がないじゃないか。

しばらくすると、その作家がまたいった。

「なにか考えてらっしゃるんですか？」

おれは頭をひねった。そして、こういった。

「ゴッホ」

「ゴッホ？　いや、ゴッホとはいい趣味だな。ぼくも最近、ゴッホについてちょっと書いたばかりなんですよ」

そいつは、おれの反応を窺うように、そっとおれの顔を覗きこんだ。おれは相変わらず黙ってうつむいたまま水割りを飲んでいた。

「いや、ほんとに静かな方なんですね。ゴッホの他に好きなのは？」

「イシカワタクボク」

「ぼくと一緒だ！」

このゲームはまるで退屈だった。だから、おれはもっぱら水割りに集中することにした。飲まずにはいられなかった。いったい、これからどうすればいいのか。元のマンションに戻る？　「おれ」のところに？　そして、どうする。「おれ」とセックスするのか？　よせやい。だんだん気が滅入ってきた。おれはピッチをあげた。隣で作家のやつはまだなにかいっていた。見れば見るほど冴えないやつだとおれは思った。「おれ」といい勝負だ。どうも妙だった。いつもと違っていた。ひどく酔ってるような気がした。まるで自分の身体じゃないみたいだった。確かにな。中身はともかく、身体はおれのものじゃないわけなんだから。

気がつくと、おれは裸でベッドに横たわっていた。どこかのホテルの部屋のようだった。隣には裸の女が寝ていた。おれは反射的に胸を触ってみた。ない。それから、おれはおもむろに下半身に手を伸ばした。ある。さてと。おれは隣の女の顔をそっと覗いてみた。アリサだった。いや、「おれ」だった。いや、正確には、さっきまでのおれというべきなのかな。考えているうちに、だんだん頭が痛くなってきた。いや、最初から頭は痛かったんだが。まあ、いい。そんなこと、どうでも。

「アリサちゃん」隣に寝ている女が寝言をいった。

おれは状況を把握するためにバスルームに行った。そして鏡を見た。思わずおれは叫んでいた。やっぱり！　そうじゃないかと思ったんだよ。

鏡に映っているのは、あのみっともない作家のやつだった。おれは胸に手を当てて考えてみた。ベッドに寝ているのはアリサだ。でも中身の方は作家らしかったので、ここにいるのが作家のやつだ。じゃあ、おれはどこに行っちまったんだ？　マンションでメソメソ泣いてるやつがそうなのか？　でも、あれ、ほんとうはアリサじゃないのかな。おれは頭がだんだんこんがらがってくるような気がした。これ以上考えたってわかるわけがない。時間はもっと有益なことに使わなくちゃならん。おれはそう思った。おれはバスルームからタオルとリンスを持ってベッドまで戻った。

おれはまずタオルで裸のアリサを後ろ手に縛った。すると、アリサが、というかアリサの恰好をした作家のやつが目を覚ました。

「なに……？　どうした？　アリサちゃん？」

やつが完全に正気づく前に、おれはもう一本のタオルで猿ぐつわをかませた。あれこれいわれたくないからだった。それから備付けの冷蔵庫を開けてビールを飲んだ。準備完了。ものすごい勃起だった。おれはアリサ、というかアリサの恰好をした作家のやつを裏返すと、肛門の周りにたっぷりリンスを塗った。やつは手足をばたばたさせておれから逃れようとした。だが、男の力にはかなわない。おれはやつを組み敷くと、突っこもうとした。昔から一度やってみたかったのだ。やつは狂ったように呻いていた。口の周りのタオルは涎でビショビショだった。なかなかうまくいかなかった。想像した以上に難しいらしい。やがて、少し入った気がした。タオルを通してやつの悲鳴が聞こえた。うるせえ！　おれは、後ろからやつの首を少し絞めた。やつの動きが一瞬止まった。おれは一気に貫いた。いい感じだった。いままで味わったことのない引き締まった感じだった。目が眩むような気がした。悪くない。そう思った。こういうことがあるからこそ生きている価値がある。そうおれは思った。

（初出「文學界」二〇〇〇年十一月号）

チェンジ②

前章のあらすじ――朝起きると、おれはなにものかに変身していた。しかし、それじゃあなんのことだかわからんか。よくある現代小説と同じだものな。正確にいうと、おれは女に変身していた。いや、外見は女で、中身はおれだった。いや、待てよ……もう少し考えさせてくれんか。問題がこみいっていて、説明が難しいんだ。おれに関していうなら、そういうことなんだ。おれの外見が女に変わってたわけ。だから、それを女に変わったっていうんだよ。そうじゃねえんだって。よく聞けよ、アホ。おれはあくまでおれだったんだよ。正確にいうと……正確にいうのが難しいな、これは。だから、簡単にいうと、おれと女で中身と外見が入れ替わったわけ。おれが女に、女がおれにな。じゃあ、どっちがお前なんだ？　どっちがって……それが即答できりゃあ苦労しないっての。あんた、そりゃおかしいよ。どっちもあんたっていうわけ？　あんたがふたり同時に存在したっていうの？　じゃあ、聞くけど、あんた、どっちを見てた？　どっちって？　だから、あんたから見て、相手の外見はなんだった？　女？　それとも、不細工な男の方？　不細工な男だって？　なに、それ？　そんな細かいこと気にしてどうすんの。だから、女だったの、それとも男？　確か、男だったな、おれが見たのは。じゃあ、あんた、女だったんだよ。まあな。簡単じゃん、あんた、女になったんだよ。そうかな。そうだよ。でも、なんだか女になった気がしなかったけど。「気がしなかった」？　あんた、気分でしゃべってんの？　そうじゃないけど。で、鏡を見たんだろ？　見たよ。なにが映ってた？　女。ほらね。あんた、やっぱり女になったんだよ。でも、その後があるんだよ。その後って？　女になって飲み屋に行って、作家にナンパされたわけ。作家って、男？　そうだよ。それで？　やっちゃったみたいなんだよ、そいつと。なんだ、あんた、元々女だったんじゃん。ちがうってば！　おれはその気がなかったのに、身体が勝手にやったんだよ。ほら、そうやって、すぐ他人のせいにする！　他人じゃないだろ。じゃあ、その身体、あんたの？　ちがうけど。ほらね、他人の身体だろ。ということは、あんた、他人のせいにしてんだよ。そうかな。そうだよ。まあ、いいや、あんた、その男とやっちゃってどうなったの？　今度は、そいつの身体と替わっちまったんだよ。やるねえ。悲劇だろ。どっちかというと喜劇だと思うけど。あっ、ちょっと聞いていいかね。いいよ。その後、当然鏡を見たよな。見たよ。誰が映ってた？　その作家野郎さ。それから、どうした？　ベッドに戻ったよ。誰がいた？　女だよ。元のな。あんたは？　なんだって？　その時、あんたはどこにいたのか質問してんだよ。おれの部屋にいたんじゃないか、よく知らんけど。それって、あんたの女だったやつじゃないの？　そうともいえるけど。じゃあ、あんたじゃないじゃん。おれは、そこにいたよ。そこには二人いたんだよね？　ああ。で、ひとりが作家野郎で、もう一人が女なんだろ。まあな。じゃあ、やっぱり、あんたいなかったんだよ。ほんとかよ！　なんだか、ずっと、そこにいたような気がしてたんだけど。だから、さっきから何度も注意してるだろ。あんたはずっと「気がしてる」しかいってないんだよ。そんな言い訳、世の中じゃ通用しないって。

やつ——つまり、外見がアリサで、中身がへぼ作家のそいつ——はすっかりノビていた。こいつの——つまり、外見がそいつで、中身がおれのやつの——勃起の具合はたいしたものだった。とても、おれより十も年上とは思えなかった。きっと、いいものを食っているからだ。きっと、いい女とばかりやってるからだ。きっと……と思ったところで、おれはぜんぜん別のことを考えた。しかし、いまや、その作家野郎はおれってことじゃないか？　まあ、待て。おれは、白目を剝き口から泡を吹いているそいつの横に、どっかりと座りこんだ。

いったい、おれはどうすべきなのかな？

もう一度、こいつとやったら、どうなる？　元に戻る？　つまり、アリサの身体にか？　それから、もう一度、おれの身体のままのアリサとやったら、元のおれに戻るのかな？

おれは首をひねった。それはどうも面白くなさそうだった。その案、却下。

おれはやつのパンツをはき、ワイシャツを着た。それから、やつのアルマーニも。身体にぴたりだ。当たり前か。おれは部屋を出た。やつのために、ちゃんとミニのワンピースは残しておいた。おれはそんなに残酷な人間じゃない。それから、おれはエレベーターに乗った。若い女が乗っていた。栗色の髪を腰まで伸ばし、豹柄のドレスの太股まで入ったスリットから白い脚がのぞいていた。胸はというと、エレベーターの震動程度でも大きく揺れていた。なんて身体だ。若い女はおれの顔を見て「あっ」と声を出した。エレベーターが一階に着いた。

「あの」若い女がいった。

「なに？」おれは答えた。

「サインもらえます」

「いいよ」おれは内ポケットから万年筆を取り出した。

女は両手でドレスの胸を広げた。おれは小さな白いブラに名前を書いた。おれのじゃない。作家のだ。すると、女は小さなバッグをあけて名刺を取り出し、おれのポケットに突っこんだ。

「ありがとうございます」女はいった。

「どういたしまして」

タクシーに乗り込んでから、おれは名刺を調べた。携帯の番号まで書いてある。おれは思わずニンマリした。

「話しかけてもよろしいですか」タクシーの運転手がいった。

「なんだい」

「わたし、ファンなんです」

「どうも」

「いやあ、感激だなあ。あの、あつかましいんですが、お降りになる時、サインをいただけると……」

おれはタクシーのレシートにサインをした。はて。これ、渡していいものなのか。確か、レシートは持って帰らなきゃならんのじゃないかな。税金対策とかで。だが、おれはそのレシートを運転手に渡した。税金問題はおれの管轄外だ。

おれは酒場に戻った。さっき、アリサとして飲んでたところだ。おれはスツールに腰かけた。

「あら」ママがいった。「アリサちゃんは?」

おれは一瞬、考えた。

「身体はホテルのベッドの上だけど」

「いやあね」ママは身をよじってみせた。「スケベ」

「そうかい」

「ねえ」

「なんだよ」

ママはおれの耳もとに唇を寄せ、囁いた。

「今夜わたしのマンションに来ても、上げてやんないからね。浮気もの……」

おやおや、とおれは思った。おやおや。

その時だ。

店のドアが開き、汚らしいスーツを着た男がふたり入ってきた。デブとチビで、おまけにどうしようもない醜男だった。どちらも目は血走り、口を開けて肩でハアハア息をしてる。明らかに運動不足だった。

ふたりはおれを見ると、真っ直ぐ近づいてきた。そして、おれの両側にドシンと腰かけた。それから、黙っておれの両手を摑んだ。しまった！　けど、なんで正体がバレたんだ？

「すいません」おれはいった。「いま、きちんと説明すっから」

「説明?」デブが口の端を歪めながらいった。口の中からニンニクの臭いがロケット弾みたいに飛び出してきた。

「わかったよ。悪気はなかったんだよ。どうして、こうなっちゃったのか、おれにもわからないんだよ」

それで許してもらえるとは思わなかった。しかし、おれは自分が全面的に悪いとも思わなかった。だいたい、おれがなにをしたっていうんだ。ただ、あのアホな作家の尻の穴を掘っただけじゃないか。

「じゃあ、行きましょう」チビがいった。

「待てよ。まだ、警察手帳を見せてもらってないぞ」

デブとチビは顔を見合わせた。それから、デブがママにいった。

「先生、酔ってるの?」

「そうでもないみたい」

おれは慌てて付け加えた。

「運転はしてないよ。誓ってな。今日はずっとタクシーに乗ってた。もちろん、ここへ来る時も。なんなら、運転手を証人に呼んでもいいよ」

また、デブとチビが顔を見合わせた。こいつら愛し合ってるわけじゃないよな。

「さて」ふたりは同時にいった。そして、おれの両脇を固めたまま立ち上がった。

「助けてくれ！　不当逮捕じゃないか！」

おれは救いを求めるようにあたりを見回した。酒場の中の連中は全員ニヤニヤ笑ってこっちを見ている。人情地に落ちたり、かよ。

やつらはおれを黒い大きな車に放りこんだ。車の中でもやつらはちゃんとおれの両側を固めていた。用心深い連中だ。車が動きはじめた。

「ちょっといいかな」おれはいった。とにかく、可能性があるなら試してみるしかないじゃないか。

「なんです」デブがいった。

「小便したいんだけど」

「ちょっと待ってください」

「洩らしてもいいの？」

「脅す気ですか」

「そうじゃない。ほんとに、洩れそうなんだよ。ほら、あそこ、京王プラザの一階のトイレでいいや」

「ダメです」

「おれが逃げると思ってるの？」

「はい」

おれは黙りこんだ。車は進んでいった。新宿警察署に近づいた。そして……通りすぎた。

「あいつ、どうしちまったかなあ」デブがひとり言みたいにいった。

「あいつって?」チビが答えた。

「いつもデカいこといってたやつだよ。ブイブイいわせてたやつ。ほら、忘れちまったのか?」

「ああ、あいつね」

「そういえば、あいつもこうやって捕まえたよな」

「そうだった。ふたりであちこち捜し回ってな」

「行きそうなところをリストアップして、一軒ずつしらみ潰しに調べたっけ」

「で、とうとう捕まえたんだよな」

「泣き言いってたよな。許してくれって、何度も。ヒイヒイ泣いちゃって、見てられんかったぜ」

「ほんと。で、あいつ、どうしたんだっけ?」

「消えちまったじゃないか」

「そういやあ、そうだ。きれいさっぱり消えちまった」

「跡形もなくな」

ふたりは不気味に笑った。警察じゃなかったのかよ！　もっと、ひどい！　なんてこったい！　絶体絶命じゃないか！

「それから、あの女」今度はチビが嬉しそうにいった。「覚えてる？」

「覚えてるとも。ずいぶん威勢のいい啖呵を切ってたよな、おれたちに」

「で、どうなったっけ？」

「消えたよ。いや、それどころじゃないな。だって、誰も覚えてないんだから」

ふたりはまた笑った。おれは目を閉じた。もうダメだ。

大きな屋敷の前に車が止まった。中に犬がいた。

犬。これ、なんていうんだ？　フランダースの犬みたいなやつだ。デカくて毛むくじゃらな。そいつがおれに向かって飛びかかってきた。おれは「ギャッ！」と叫んだ。犬に食い殺させようってのかよ！　だが、犬はおれを食うかわりに、おれの顔をベロベロ舐めはじめた。

「止せ！　なんだ、こいつ！」

屋敷の中からどやどや人が出てきた。男、女、男、女、子供。その中に三十ぐらいの女がいた。高そうな服を着て、えらくきれいな女だった。というか、えらく高級な感じのする女だった。おれはその女をしげしげ眺めた。しかし、なんていい女なんだ。雑誌に載ってるなんとかネーゼそのものじゃないか。女が犬にいった。

「止めなさい、アルブレヒト」

アルブレヒトはいうことを聞いた。アルブレヒトねえ。それから、女はおれの方を向いた。おれは慌てて犬の方に視線を向けた。

「あなた、お帰りなさい」

なんだ。こいつ、おれの奥さんなのかよ。

「みなさん、ご苦労さまです。すいませんねえ、主人のことでご迷惑をかけて」

「どういたしまして」デブがいった。

おれはデブとチビに向かっていった。

「ほんと、苦労をかけたね。もう帰っていいよ」

「先生、そうはいきませんよ。なんのために、お宅までお連れしたと思ってるんですか」

どうやら、ふたり組の仕事はまだ終わってないようだった。デブとチビは相変わらずおれの両脇を固めたまま、どんどん屋敷の中へ入っていった。階段を上がって下り、廊下を真っ直ぐいって、左折して、右折した。

「まだ着かないの?」おれは退屈していった。

また階段を上がり、左折、右折、直進、左折、廊下を渡り、螺旋階段を上がり、左折、左折……どうやら、おれは歩きながら眠ってしまったらしかった。デブがおれを揺すって起こすとこういった。

「先生、着きました」

そこには本が山ほどあった。それから机とパソコンと。壁には高そうな絵がかかっていた。だが、まるで独房みたいに暗い、陰気な部屋だった。

「さあ、いくらなんでも書きはじめてもらわないと」チビがいった。

ことここに至って、ようやくおれにも事態が呑みこめてきた。おれは確認するためにこういった。

「小説を書けっていうんだな」

「先生！　冗談は止めてくださいよ。もうぎりぎりなんですからね！」デブがいった。

「でも、ほんとにマズいのはうちの方ですけどね」チビがいった。

デブとチビが顔を背けあった。どうやら、やつらにも弱点があるらしい。

「どっちを先にやればいいのかな」

「うちからやってください」デブがいった。

「ちょっと待ちなよ。うちが先だろ」チビがいった。

おれはふたりの結論が出るのを待つことにした。ふたりはおれの前で長々と議論をはじめた。デブとチビの議論は平行線をたどっていた。おれは、我関せずとその部屋の観察をすることにした。本、本、本、高級な革の椅子、高級な葉巻、高級な孫の手……。

「決定しました」デブがいった。「うちが先です」

「最初の三十枚だけです。その代わり」チビがいった。「こちらも、とりあえず内容だけは教えていただかないと」

「なんで」おれはいった。

「編集部に帰れません」

おれは考えた。小説か。小説ねえ。

「まず男がいるんだ。それから女も」おれはいった。「あとは犬」

「犬ですか？　珍しいですね、先生の作品に動物が登場するなんて」

「まあな。で、男と女はセックスする」

「セックスですか」チビは明らかに不満そうだった。

「よくあるっていうの？　おれがただのセックスを書くわけないだろ、それは怒濤のセックスなんだ」

「怒濤のセックス……」

「そうだ。どうして、怒濤のセックスかというとだな、その結果として、男と女が入れ替わっちまうんだよ。身体と中身がすっかりな。おれの考えでは、前人未到のセックスだったんだな。これまで人類が一度も体験したことがないほどの。そのショックを契機として、すべてがはじまったんだ」

「身体と中身が入れ替わるんですか？　先生、でも、それは前例が……」

「まあ、聞け。お前がいってるのは、ただ入れ替わるだけの話だろ？　おれのは、そんな単純な話じゃないんだよ。セックスする度に身体と中身が入れ替わっていくんだ。最初のうち、男と女はお互いの身体が入れ替わるのを楽しんでた。男になって女の自分を犯したり、女になって男の自分に犯されたり、いろいろパターンが楽しめるからな。マンネリ防止にちょうどよかったわけだ。そしたら、ある日、女はこれでいいのかと思うようになった」

「反省したんですか？」

「反省するのはいつも男だよ。女が反省なんかするもんか」

「じゃあ、どうしたんです」

「こんな面白いこと、ひとりの男を相手にやってるなんてもったいない。そう思ったんだな。で、他の男とセックスするんだ。もちろん、怒濤のセックス」

「あの……」

「なんだよ」

「怒濤のセックスじゃないとダメなんですか？」

「そうみたいだよ、おれの知ってるかぎり」

「すいません、続けてください」

「その結果として、その女と別の男の身体と中身が入れ替わる。女とその男は、それぞれまた別の相手とセックスする」

「怒濤の？」

「そう、怒濤の！　わかるだろう？　この病気というか、症状のすごいところは、一瞬のうちに感染しちまうことなんだ。エイズなんかメじゃないわけ。気がつくと、世界中の人間が入れ替わってた。身体と中身がな」

「でも、子供と老人は……」

「いい質問だ。世の中には子供や老人じゃなければダメだってやつもいる。そういうやつは、子供や老人を相手にセックスする。すると、身体と中身が入れ替わる。つまり、そいつは子供や老人になる。子供や老人になって、やっぱり子供や老人を相手にする。だから、子供や老人もみんな入れ替わっちまうんだよ」

「子供と老人に怒濤のセックスは難しいんじゃないですか？」

「その頃には症状も変わってるんだよ。ふつうのセックスでもいいわけ」

「ふむむ。そりゃ、よかった」

「一度、入れ替わっちまうと、抵抗がなくなるんだ。いや、抑圧がな。外観なんて、アクセサリーみたいなものになる。身体なんて一時的に寄生する意味しかなくなってくるんだ！　男と女の区別なんか便宜的なものになってくるんだ！　わかるか？　『自分』なんて意味なくなってくるんだよ！」

「そういう小説なんですね」

「そうだよ」

「でも、先生、忘れてませんか」

「なにを」

「犬ですよ。先生、最初に犬のことをおっしゃってたじゃありませんか」

「ああ、それか。実は、犬なんだが……」

ドアの外で音がした。怒鳴り声も聞こえた。それから、誰かがドアを力まかせに叩いた。

デブが立ってドアを開けた。どやどや人が入ってきた。男、女、男、女、ハッとするぐらいきれいなおれの奥さん、アリサ……アリサ？　忘れてた。

「こいつだよ」わなわな震えながらアリサがおれを指さした。

「どうしたの？」おれは素知らぬ顔でいった。

「すいません」おれの知らないやつが申し訳なさそうにいった。「この方が突然いらして、妙なことを」

「妙なことってなんだい」

「あの……どう申し上げればいいのやら」

「こいつがおれの身体を盗んだんだ！」アリサはほとんど悲鳴に近い声でいった。

「おれがお前の身体を盗んだって？」おれはとぼけていった。

「しらばくれやがって。どうなってるんだか、おれにもわからん。気がついたら、おれはこんな身体になってた。おれが知らないうちに、手術でもしたのか？　脳味噌を取り替えるとか」

おれはデブとチビの方を向いて小声でいった。

「こいつに小説の話をしたんだよ。さっきのアイデアを」

「なるほど」デブがニヤリと笑った。

「ちょっとイカレた女だってこと、忘れててね」

「まかせておいてください」チビがウィンクした。

デブとチビは興奮してなにかを喚いているアリサの、というかほんとうはおれの、というかほんとうはおれではなくてヘボ作家の、いやほんとうは……ほんとうは誰だ？　とにかく、その凄い形相でまくしたてている女の両脇に立ち、ガッシと腕を摑んだ。

「なにすんだよ！」アリサは身体を震わせて抗議した。「放せってば！　おれにそんなことしてもいいと思ってんのか！　お前たちのところじゃ二度と書かん！　それでもいいってのか、ええ？」

「まあ落ち着いて」デブはいった。

「そう興奮しちゃいけません。先生の執筆の邪魔になりますから、ちょっとここを出ましようね」チビがいった。

「先生の執筆だって！」アリサはほとんど半狂乱になっていった。「先生の！　だから、こいつはほんとは女なんだ！」

「評論家はよくそういいますよ」デブは冷静にいった。「先生はほんとは女なんだって」

「そうじゃないんだってば、バカ！」

「ちょっと失礼します。奥さん、先生を見張っててください。お願いします」

ふたりは暴れるアリサを部屋から連れて出ていった。それから男、女、男……。部屋に残ったのは奥さんと犬だけだった。

「あなた、バカな真似もほどほどにしてくださいね」奥さんは悩ましげな顔つきになっていった。おれは奥さんを見た。彼女は身体の線がばっちり浮かび出るドレスを着ていた。おれはいままでそんなものすごい起伏のある線を見たことがなかった。どの線にもなにか深い意味が隠されているようだった。

「どうしたんですか？」奥さんはいった。

「それ、ふだん着なの？」おれはいった。

「なにいってるんですか、知ってるくせに」

おれはいきなり彼女を抱き寄せた。目まいがするほどいい匂いがした。それから、おれは彼女の顔を両手で挟み、キスをした。もちろん、舌を深く差しこんで。すると、今度は薄荷のような匂いがした。おれは手をだんだんと下げ、尻を撫でた。「ちょっと、ちょっと……あなた」彼女は少しだけ抵抗しながらいった。「どうしたのよ！」

「勃っちまったんだよ」

「まあ……なんてことを……あなた、どうかなさったの？」

「どうかなさるに決まってるだろ。わからんのかい？　毎日、毎日、執筆ばかりで溜まってんだよ」

「適当に遊んでらっしゃるくせに」

「わかってないね。あんなの息抜きにもなりゃしない。すごいストレスなんだ。面白くて、ためになって、芸術的で、読者にうけて、斬新で、読みやすくて、その他もろもろ注文が多すぎて、へとへとなんだ。おれは野性を取り戻さなきゃならん。そうでなきゃ、すり減ってなくなっちまう」

彼女はうっとりと目を瞑っていた。おれは彼女を抱いたままゆっくりとドアに近づき、中から鍵をかけた。

「しゃぶれよ」おれはそういうと、女を跪かせた。それから、ゆっくりとズボンを下げた。「玉も忘れるなよ」

いい感じだった。これこそやりたいことだ。そうおれは思った。この後のことは考えてはいなかった。ここまでは最高だった。これからもなんとかなるに違いない。そう思った。痺れるような甘い疼《うず》きが背中を走っていた。部屋の隅に犬がいた。犬。アルブレヒトだ。アルブレヒトは燃えるような視線でおれたちをじっと見つめていた。なんだか股間が膨らんでいるように見えた。嫉妬にかられているようにも、おれを憎んでいるようにも見えた。おれはある計画を思いついた。いや、さっき思いついていたのだ。犬に関する計画。可能だろうか？　おれは可能だと踏んでいた。きっとそうに違いないと確信していた。アルブレヒトがゆっくりと立ち上がっていた。最高の勃起だった。犬としては。

（初出「文學界」二〇〇〇年十二月号）

人生

県人《けんと》はベッドで眠っている赤ん坊の上に屈みこんだ。すると、妻がいった。

「可愛いわよね」

「うん」県人は答えた。

「目もとと鼻があなたにそっくり、口もとと眉毛はあたしね」

「そうだね」

「でも、笑うとあなたのお母さんにも似てるわ」

「そうかも」

「夜、一緒に寝てると、なんだか切なくなってギュッと抱きしめたくなるの。小さいけれどどこの子、一生懸命に生きてるのよね」

「うん」

「ねえ。あたしのことを愛してる?」

県人は妻を見た。妻は評判の美人だった。赤ん坊もたいへん可愛かった。仕事も順調だった。

「もちろんだよ」

県人はそういうと、妻を抱きしめた。なんだか妙な感じがした。現実感がないのである……いや、そういうわけでもない。それが現実であることはわかっていた。問題は、現実というものがどういうものなのかよくわからないことだった。そのことをうまくいい当てたやつはいままで誰もいないんじゃないか。県人はそう思った。

「じゃあ、ちょっと仕事してくるから」

県人はまずキッチンに行った。そして、冷蔵庫を開けた。

プリンと明太子と三分の一しか残っていない赤ワインとレタスと缶ビールとミネラルウォーターが入っていた。すっかり乾ききったバナナも二本入っていた。それに萎びたジャガイモとトマトも。県人はテーブルでプリンを食べた。それからミネラルウォーターを飲んだ。

妻がキッチンに入ってきた。冷蔵庫を開け、缶ビールを取りだした。

「明日、いろいろ買ってくるつもりなの」

「それがいい」県人は答えた。

妻はテーブルについて缶ビールを飲みはじめた。県人は二杯目のミネラルウォーターを飲んでいた。妻はいった。

「いまはまだいいけど、あの子が大きくなったら、子供部屋がいるわね。それに、ひとりっ子だと性格に問題がある場合が多いから、あと二人は子供が欲しいわ。少なくとも一人は」

「そうだ。本で読んだことがあるけど、いちばんいいのは四人らしいね」

「四人でもいいわ」

「男ふたりに女ふたりがいいんじゃないか」

「楽しそうね」

「とにかく、男の子ばかりはつまらないよ」

「そうね。話し相手にならないし。女の子は絶対必要ね。ねえ、やっぱり家を買いましょうよ」

「考えておこう」

「そしたら、あなたのお母さんも引き取ってあげましょうよ。お母さんもひとりで不安でしょうし、子供の面倒も見てもらえるし、誰かの役に立っているという心の持ちようが老人にはいいんですって」

「名案だ」

妻は二本目の缶ビールを飲んでいた。県人は三杯目のミネラルウォーター。

「あなたもビール、飲んだら」

「いや、仕事に差し支えるから」

「そう」

妻はテレビをつけた。テレビショッピングをやっていた。昔、有名だった女優と昔、売れていたタレントが出ていた。アナウンサーが宝石を紹介した。大きなルビーの指輪。小さなダイヤ添え。それで二万九千八百円。昔、有名だった女優は指輪をはめるとうっとりしていった。

「すごい、素敵」

「でしょう。なのに、僅か二万九千八百円。しかも、いま申しこむと、12回払い」アナウンサーは満面に笑みを浮かべていった。

「ほんとうですか。そんなに安いんですか。信じられない」昔、売れていたタレントは大げさにいった。

「いや、びっくりした」

妻は三本目の缶ビールを開けながらいった。

「わざとらしいわよね」

「まったくだ」

「あの女優がいうと、余計説得力がないと思うけど」

「そうだね」

「化粧濃すぎない、あの人」

「ほんとだ」

「それから、この男の人、名前は忘れたけど。『水戸黄門』で黄門さまのお付きをやってた人だわね。最近、なんかドラマとかに出てる？」

「出てないんじゃないか」

妻はゆっくりと缶ビールを飲んだ。県人もゆっくりとミネラルウォーターを飲んだ。ミネラルウォーターには味がなかった。テレビショッピングの商品が替わった。今度は毛皮のコートだった。百万円相当の商品が九万九千八百円。昔、有名だった女優がコートをはおった。

「最高だわ」

それに負けじと「黄門さま」のお付きだったタレントがいった。

「夢を見てるみたいだ！」

すると、妻がいきなりいった。

「ねえ、あたしのことを愛してる？」

「もちろん」

「じゃあ、愛してるっていって」

「愛してるよ」

「ほんとう？」

「ほんとうさ」

「最近、どこへも連れていってくれないわね」

「すまないね。仕事が忙しすぎて。でも、来週の末ぐらいには一息つけると思うんだ。ベビー・シッターを頼んで、ディズニーランドか、それとも食事にでも行こうか」

「うれしいわ」

妻はうれしそうではなかった。じっさいのところ、来週の末も、再来週の末も、そのまた先も、一息つけそうな時はなかった。妻は四本目の缶ビールに手を出した。ミネラルウォーターを飲み終えると、県人はキッチンから出ていった。テレビショッピングの商品がまた替わった。次は鰐革のバッグだった。

県人は書斎の机に向かっていた。県人は小説家で、仕事というのは小説を書くことだった。そのことを考えると、いつも妙な気分になった。

「お仕事はなんですか？」

そう訊ねられると、県人はいつも返事に困った。だから、仕事のことは、つまり、小説のことは考えないようにしていた。ただ、黙って仕事をするだけだった。

「さて」県人は呟いた。「なにかを書かなくちゃならん」

なにを？　まず、それを決めなければならなかった。県人にはなによりそれが苦痛だった。なにを書いたらいいか、誰か決めてくれないだろうか。そうしてくれたら、県人にはどんなことでも書ける自信があった。

県人は本棚から同業者の書いた小説を何冊か引っ張りだした。

どうやら、みんな人生について書いてあるようだった。人生にはなにか意味があるとか、そういうようなことだった。感動的だったり、苦しみに満ちていたり、そしてその後に喜びがあったりするというようなことも書いてあった。ものごとや事件の背後にあるなにかについても書いてあった。それを読む限り、人生とは悪くはないもののようだった。もし、人生がこの通りなら、と県人は思った。おれもその人生というやつをやってみたいもんだよ。

県人は同業者のものを読むのを止めた。参考にならないからだ。どっちみち、小説は人生について書いてあるのだ。他に書くことなんかありゃしない。県人が知りたかったのは、人生のなににについて書けばいいのかということだった。

県人は机の上に置いた小さなテレビをつけた。

芸能ニュースのようだった。叶姉妹が出ていた。叶姉妹を見ると、やはり県人は妙な気分になるのだった。妻をそっと抱きしめる時とか、小説について考えるとか、そういう時と似た気分だった。いったい、この人たちの職業はなんだろう。

叶姉妹が写真集を出し、そのサイン会をやっていた。

男たちが並んでいた。女はひとりもいなかった。若い男もいなかった。若いふりをしている男さえいなかった。リストラされ、そのことを家族に告白できず、一日中公園で日向ぼっこをしているサラリーマンといった感じの男が大半だった。ニヤニヤ笑っているやつがいた。また、食い入るように姉妹を見つめているやつもいた。ものすごい目つきだった。その会場には途方もない性的なエネルギーが満ち溢れていた。

県人はその様子をじっと見つめていた。そして、その光景と人生が繋がる線を探そうとした。だが、それは無理のようだった。

県人はテレビを消して、パソコンのスイッチを入れた。画面に書きかけの小説が浮かび上がった。

タイトルは「障害」だった。

「男には障害があった。生まれつきだった。男はいつも胸に緑と黄色の線が交差した大きなバッジをつけていた。それは障害者である印だった。はじめてそのバッジをつけたのは小学校1年の時だった。学校で検査を受けて、障害者であることがわかったのだ。おまけに1級から8級まである障害者のランクの中で、彼は1級だった。

先生がバッジをつけてくれた。そして、これを母親に渡しなさいといって、手紙を寄越した。

少年は意気揚々と家へ帰った。なにしろ、クラスの中でバッジをもらったのは自分だけだったからだ。

バッジを見た瞬間、母親は失神した。少年はしばらくの間、失神した母親の横におとなしく座っていた。それから、母親が目覚めた。母親は少年の胸のバッジを見るとまた失神した。そしてまた母親は目覚めた。目覚める以外に手はなかった。ほんとうはいつまでも失神したままでいたかった。少年はもらってきた手紙を母親に渡した。母親は手紙を読んだ。読み終わる前に母親は失神した。

そのうち父親が家に戻ってきた。父親は背が高く、顔も手も鼻も大きく、それを恥ずかしがっているみたいに極端な猫背で、シャツの胸のところにいつも皺が寄っていた。戻ってくるとすぐに、父親と母親は猛烈な喧嘩をはじめた。少年の胸についているバッジの件だった。

『わけがわからん。朝から晩まで、家族のために働いて、この仕打ちだ。ローンはまだ二十年も残ってるし、三年ぶりでボーナスが出たと思ったら、半分は現物支給。しかも、ガキの胸にはでかいバッジときやがる』

『あたしのせいだっていうのかい』

『おれのせいじゃないとしたら、誰のせいなんだ？』

言い争うその横で少年はバッジを撫でていた。なんだか、すごく誇らしい気分だった」


そこまで書いたところで小説は止まっていた。というか、そこまでしか考えていなかった。県人はいつも、ただなんとなく小説を書きはじめてしまうのだ。プロットも登場人物も決めなかった。それどころか、場所や時代さえ決めなかった。

友人の作家たちはいつも驚いていた。

「こわくないのかよ」

「別に」

「だって、小説がどこへ行くかわからんじゃないか」

「でも、たいていはどこかへ行き着くんだよ」

どこへも行き着かない時もあった。そういう時は、さっさとその小説を放り投げて、また別の小説にかかることにしていた。そんな風に、中断したままの小説を県人はたくさん抱えていた。そして、時々、県人はパソコンの奥で休んでいる「小説」を引っ張りだして、眺めてみるのだった。

小説は会話の途中や、なにか出来事の途中で終わっていた。登場人物たちは、アホみたいに大口を開け、熱弁をふるいながら、そのまま永遠に凍りついているのだった。

「医者は男に、お父さんは癌です、とはっきりいった。しかし、あなたのお父さんは精神的に弱い方なので、お母さんとも相談の上、告知はしないことにしました。

それを聞くと、男は真っ直ぐ父親のいる病室に行った。どうしたものか。男は悩んだ。死んでゆく人間にどんな顔をして、なにを話せばいいのか。男は病室の前でしばらく考えていた。結論は出なかった。父の生涯のことを考えた。父と過ごした日々のことも。やはり、結論は出なかった。男は深呼吸すると、元気よくドアを開けた。

『やあ、父さん。父さん、癌だってさ。余命は二ヶ月。なんかしたいことある？　やるならいまだよ。すぐに動けなくなるから』

それほど驚いた人間を見たことはないような気がした。最初のうち、父親は、男の言葉に気づかぬふりをしていた。だが、言葉は勝手に鼓膜を通して頭脳の中に滲みこんでいった。驚愕はすぐに絶望に変わった。青かった顔色が赤くなり、それから黄色くなった。

男は顔を父親に近づけた。恐怖にうちひしがれ息もできないようだった。

『そういう顔をすんなよ。みっともないぜ。どうせ、みんな死ぬんだから』

男のいうことに間違いはなかった。正しいともいえなかったが」

「アイリーンはドアを開けると、ゆっくり部屋の中に入ってきた。アイリーンは黒いドレスを着て、背が低く、太っていて、だるそうだった。

『ハーイ』アイリーンはタバコの煙を吐き出しながら、なげやりな感じでいった。『あんたがフランク？　あたしがアイリーンよ』

フランクは呆然として突っ立っていた。これがアイリーンだって？

フランクは五年の間死ぬ思いで貯めた有り金をはたいてアイリーンを買った。アイリーンは女型のロボットだった。ものすごい人気で生産が間に合わず、三年待ちがふつうのところを、フランクは議員をやっている父親のコネでなんとか手に入れたのだ。

『おまえが……アイリーン？』

『そうよ』

買った人間は、奪われることを恐れて、決して買ったとはいわなかった。だから、アイリーンについてはいろんな噂が流れていた。人間の女の1万倍もあそこの具合がいいのだというやつもいた。天使のような美しさで、一度目にすると、もうなにを見ても感動しなくなるほどだというやつもいた。人間そっくり、というか、どこから見ても人間にしか見えないのだというやつもいた。いや、人間以上に人間的なのだというやつだっていた。共通していたのは、とにかくそれが想像を絶するものだということだった。どんなものすごいものを想像しても、ほんもののアイリーンを見ると、声を失い、衝撃のあまり卒倒するのだとみんなが噂をしていた。

『とにかく』フランクは唾を飲みこみながらいった。『リラックスしていいよ』

『あら、あたしは最初からリラックスしてるわよ』

『えっと……じゃあ、ちょっとベッドに寝てみるかい？』

『ベッド？　あたしが？　あんたと？』

アイリーンはゲラゲラ笑いはじめた。フランクはイヤな予感がした。その予感はいままで一度もはずれたことがなかった」

いったい、どういうつもりで、おれはこんな小説を書いたんだろう。県人は首をかしげた。

そうやって、県人は途中で砂漠に消えてしまう小川みたいな小説を次々と眺めていった。ただ無駄に時が流れた。県人はパソコンのスイッチを消すと、キッチンへ行った。妻はまだ缶ビールを飲んでいた。テレビショッピングはまだ続いていた。商品は無限にあるようだった。

「お母さんから電話がかかってきたの」妻は県人の方を見ずにいった。「お嫁さんにいじめられてつらいんだって。歯が悪いのを知ってるのに、固いものばかり食事に出すんだって」

「そりゃ、ひどい」県人はいった。

「ねえ、いざとなったら、家で引き取ってもいいかしら」

「もちろん」県人は答えた。

県人は視線をテレビから外さずにいった。人生だ、と県人は思った。

そして、おれは人生を生きている。それは確かだ。だが、と県人は思った。だが、しかし……。

（初出「文學界」二〇〇一年九月号）

君が代は千代に八千代に

ハルは昼飯のことを考えていた。いつものように、コンビニで買ったオニギリを青山墓地の脇に駐車して食おうかと思った。そして、そのまま車の中で昼寝するのだ。それにしても、ロバート・デ・ニーロは『タクシードライバー』の中で墓地の脇に駐車してハンバーガーなんかパクついていただろうか？

車はどんどん街中を進んでいった。すごい勢いでこちらに向かって手を振っている婆《ばばあ》がいた。婆は荷物を背負っていた。なんだかいやな予感がした。きっとあの荷物の中身は漬物で、汁が滲みだしているにちがいない。だから、ハルは婆なんか見なかったことにして、そのまま通りすぎた。次に手を振っていたのは、頭を剃りあげた、全身刺青だらけの女だった。はいているジーンズはほとんどずり落ちて、露出した腹の上で刺青の猫が笑っていた。だから、ハルはその女も見なかったことにして、先へ進んだ。次もまた手を振っている女だった。その女は酔っているみたいだった。というか、ラリっているみたいだった。というか、どう見てもその女は広末涼子そっくりだった。あれは絶対広末涼子だ！　ハルはアクセルをふかして通りすぎた。まともなやつはどこにもいないように思えた。

ここは死の町なのか？　核戦争が起こって「核の冬」が来た後なのか？　なぜ、ふつうの客がいねえんだ？

やがて、ハルはカップルの客をひろった。とりあえず、イカレているようには見えなかった。いきなりナイフを頸筋に突きつけたりするようなやつではないように見えた。

「行ってくれ」男の方がいった。

「どちらへ」ハルはいった。

「好きなところへ」

で、ハルは車を走らせた。カップルは、シートに腰かけるとすぐに、キスしたり身体を触りあいはじめた。スカートをめくったりもしていた。それから、女は男の股の間にしゃがみこんでなにかをしゃぶりはじめた。もちろん、飴玉なんかではなかった。

それぐらいどうということはなかった。そんなことを気にしていたらタクシードライバーなんか勤まらない。気がつくと、男はパンティを脱がしていた。そのパンティはドライバーズシートの背、ハルの肩のあたりに置かれていた。そして、カップルはなにかを……やっていた。少なくとも、折り紙で鶴を折っているわけではなかった。

ハルはしばらく無言で運転していた。それから……一段落ついたらしかった。

「お客さん」ハルはいった。「続きは他のところでやってもらえませんか。ラヴホテルとか」

「ドスケベ」女がいった。「欲求不満なんだろ」

そりゃそうかも。ハルは思った。おれは聖人君子ではない。だからといって、やっていいことと悪いことがある。

そのカップルが降りると、ハルはＦＭ東京の前でひとりの若い客をひろった。男の客だった。年齢は二十、一、二、三、四……わからない。男は十七にも四十三にも見えた。とにかく、そのあたりだろうとハルは思った。

「どちらまで」ハルはいった。客は黙っていた。そこで、ハルはもう一度いった。

「あの、どちらへ……」

客はびっくり箱から飛び出す人形みたいにガクッと跳ね上がり、そして、シートに落下した。

「どちら……どちら……」

ツイてない。どうしてこんな客ばかりなんだ？　だからといって、乗車拒否するわけにはいかなかった。こういうのに限ってタクシー会社に電話してくるのだ。ハルは我慢強く、もう一度いった。

「どちらへ行かれたいのですか？」

「……東京タワー……」

ハルはいわれた通り東京タワーへ行き、それからその周りを三周し、元いたFM東京の前まで戻ってきた。

「この後、どちらへ」

「……太陽のあるところ……」

ハルは窓を開けて空を眺めた。太陽みたいなものが出ていた。太陽なんて何年も見たことがないような気がした。太陽ってこんなものだったっけ？　ひどく元気がなく、灰色でみじめに痩せ衰えていた。見れば見るほど、ほんものの太陽とはいえない感じがした。小学生が画用紙に描いた下手くそな絵が帽子かけにかかっているみたいだった。

「あんた、ほんとに太陽のあるところへ行きたいの？」

「……太陽のあるところへ……」

「あのね、悪いんだけど、太陽はとっくに死滅したみたいなんだけど」

「……シメツ……」

「そう。一億年前に燃え尽きちゃったんだよ」

ハルはケタケタ笑っている男を警察に連れていった。一時間かかって調書をとられた後、男の両親がそいつをひきとりにきた。父親は大男で薄ボンヤリした男だった。母親の方は小さくて最初からずっと、泣きっぱなしだった。そしてふたり並んであらゆる人間に向かって深々とお辞儀するのだった。母親がお辞儀をすると、父親の方が少し遅れてゆっくりとお辞儀をした。そして、お辞儀をされた方がもういいからやめてくれというまでその姿勢を崩さないのである。

ハルは会社に戻った。今度はハルが始末書をとられる番だった。なんで、おれが始末書をとられなきゃならんのだ？　それから、ハルはまた慌てて外へ稼ぎに出た。ぜんぜんダメだった。六百六十円の客が二人。ただそれだけだった。噴き出る汗をずっとハンカチでおさえているデブの客は交差点の15メートル手前でいきなり「停まれ！」と叫んだ。

「えっ？」よく聞こえなかったのでハルはそう訊ねた。

「停まれ！　停まれったら！」

その瞬間、料金のメーターが上がった。ハルは車を停めた。

「くそっ！　停まれっていったぞ、おれは。なのに、停まらなかったのはお前の方だ。だから、おれは六百六十円しか払わんからな」

ハルは黙って六百六十円を受け取った。そういうわけだ。

いったい、なんで、タクシードライバーになんかなったんだろう？　野球選手にでもなればよかったのか？　しかし、目を皿のようにしてキャッチャーのサインを覗きこんだり、サードベースコーチのハデなジェスチャーを何度も確かめるなんてゾッとするな。おまけに、ほとんどが贋のサインでほんものはほとんどないというじゃないか。そんな難しい仕事、おれには無理だ。じゃあ、ディズニーランドでミッキーマウスのぬいぐるみをかぶるってのはどうだ？　ただ園内を歩いて、時々、客と一緒に写真に撮られるだけでいい。小学生だってできる仕事だ。しかし……あれは暑いのが難点だな。夏になると、ミッキーやドナルドやチップとデールはみんなインキンや水虫に悩むそうじゃないか。やっぱり、ダメだ……。

ハルは執念深く客を探した。懐の温かそうな客を。埼玉か横浜あたりまで行ってくれてしかも釣りをとらない客がいるはずだ。だが、そんな客はどこにもいなかった。

誰かが車のドアを叩いていた。ハルはドアを開けた。ひとりの男が乗りこんできた。いい感じの男だった。作業服を着ていたが、洗濯したてらしく、染み一つついていなかった。年齢は四十代にも、五十代にも見えた。三十代といわれれば、そうかもしれなかったし、六十代といわれても、まあ不思議はなかった。なんというか、中小企業の社長という感じだった。これぞお客、という感じともいえた。

「お客さん、どちらまで？」

男は黙って小さな紙切れを渡した。地図が描いてあった。ハルは車を発進させた。

「不景気でねえ」とりあえずハルはいった。男は無言だった。しばらくして、またハルはいった。「なんか、太陽まで贋物っぽくて。そう思いませんか？」

それでも男は黙っていた。車はどんどん進んでいった。ハルは時々地図に視線を落とした。妙な地図だった。そんな道が東京にあったっけ？　ハルはそう思った。だが、地図の矢印の方向に従って進んでいくと、ちゃんと道が出現するのだった。

しばらくたって、ハルはカーナビのスイッチを入れてみた。ハルの会社の車には全部カーナビがついていた。

ほんとうのところ、ハルはカーナビが嫌いだった。機械に「あと500メートルで左折してください」なんていわれたくなかった。だが、今回は別だった。なんだか、運転しているうちに不安になってきたのである。

ハルはそのまましばらく運転していた。相変わらず地図とカーナビの両方を見ていた。左折。右折。直進。どうってことありゃしない。ただの道だ。

ずいぶん長く運転しているような気がした。少なくとも、そこは東京ではなかった。じゃあ、いったいどこだ？　運転しながら、ハルはずっとそればかり心配していた。長い間、タクシーを運転してきたが、そんな気分になるのははじめてだった。

突然だった。

カーナビが女の声で叫んだ。それにしても、どうしてカーナビは女の声なんだ？

「間違っています！」

「なんだって？」思わず、ハルは訊き返した。

「間違っています！」

　カーナビにそんな声が録音されているなんてハルは知らなかった。いつもの落ちつきはらった声とは違っていた。カーナビの声は明らかに慌てていた。

「間違っています！　間違っています！　間違っています！」

「なにがだよ！」ハルは叫んだ。待ってましたとばかり、カーナビが叫んだ。ほとんど悲鳴に近かった。

「道ですよ！」

「えっ？」

　ハルは慌ててブレーキをかけた。車が停まった。大きな建物の前だった。ハルは目的地に着いていた。少なくとも地図の上では。カーナビは黙りこんでいた。もう何もしゃべる気にならないらしかった。

「着きました」ハルはいった。たぶん、そういうことだ。おれの知ってる限りでは。

　男は相変わらずなにもいわず、前を真っ直ぐ見ていた。

　ハルは料金メーターを見た……そして呻いた。

　六百六十円。なんで？　おれ、メーターを倒すのを忘れたのか？　ハルは血の気がひいていくのを感じた。バッカじゃなかろか。何年、タクシーを運転してんだよ。一時間は運転してたよな。少なくとも一万五千円はいったはずだ。誤魔化しようがない。ぜんぶ立替えんのかよ。ハルは絶望的な気分に陥った。

「なあ」ハルはハンドルに両肘を載せたまいった。「なぜだかわからんけど、メーターが回ってないんだよ。でも、乗ってたからあんただってわかるだろ。一万五千円はいってるはずだ。一万でいいから出してくんない？」

やはり男は黙っていた。というか知らんふりをしていた。くそ。ハルは呻いた。こいつ、社長じゃなかったんだ。

「あんた」痺れを切らしたハルはいった。「まさか、金持ってないっていうんじゃないだろね。確かに、メーターを倒してなかったのはおれが悪いんだけど、最初から金を払うつもりなんかなかった、じゃ通らないよ。ええ、どうなのよ？」

男はハルなど眼中にないといった風情で、外を見ていた。一刻も早くその建物の中に入りたい。そんな感じだった。

「あんたがどこの誰か知らんけど、この中にあんたの仲間がいるなら、その人にわけを話して払ってもらうから。あのね、メーターは回ってなくても、タコグラフは動いてるんだ。いざとなったら警察へ行ってもいいんだよ」

反応なし。ハルは車のドアを開けた。すると、男はシートから立ち上がってそのまま建物に向かって歩きはじめた。ハルは黙ってその後をついていった。

どうってことのないふつうの建物だった。窓が一つもなく、地味な灰色の壁で覆われていた。コンクリートではなく鉄骨の三階建て。男は小さな呼び鈴を押した。ドアが中から開いた。男が入っていった。ハルも慌てて後を追った。

ハルが着いたのはちょっと大きめの教室みたいな部屋だった。黒板があるところを見るとほんとうに教室なのかもしれなかった。長椅子がいくつも並んでいて、そこに男たちが何人も座っていた。冴えない連中ばかりだった。どの男の顔にも精気というものがまるで見られなかった。顔色は悪く、ふらふらと前後に身体を揺すっているやつばかりだった。まるで栄養が足りてないようだった。座りながら眠っているやつもいた。中には鼾をかいているやつまでいた。そして、不意に目覚め、びっくりしてあたりをキョロキョロ見回すのだ。ここ、ハローワークかな？　だいたい、そんなところだろう。ハルはそう思った。なぜなら、ハルも何度かお世話になったことがあったから。ハルは部屋の中を見回し、男の姿を追った。男は黒板の前にいた。

「さて」男がいった。「だいたい集まったようですな」

ハルはその男の声をはじめて聞いた。容貌に似合わない甲高い声だった。誰に似ているかというと……加藤茶だった。

「そろそろはじめさせていただきたい」

「質問がある」席に座っていた男のひとりが静かにいった。そいつは……そいつは……見たことがあった。誰だっけ……ほら、あの有名な……そうあのヒットラーにそっくりだった。ちょび髭に軍服、鉤十字を胸につけていた。顔もヒットラーそのものだ。えらく時代遅れな恰好だな。ハルはそうひとりごとを呟いた。

「あんた、どういう権限があって、我々を集めたんだい？　我々は暇人じゃない。みんな忙しい身なんだ。そこのところをわかってるのかね」

「そうだ。そこのところを曖昧にしてもらっては困る。きみの権威の源泉とは何なのかね。そもそも人民以外に権力の源泉があるとでもいうわけ？」ヒットラーそっくりの男の隣にいた学生服みたいな詰襟を着た男がいった。太って、禿げつつある、目の細い男だった。そいつにも見覚えがあった。ハルは記憶を探ろうとした。そう……ほら、あいつに似てる……あいつ、誰だっけ？　ハルは思わず叫びだしそうになった。思い出した！　毛沢東じゃないか！

「権限ですか？」黒板を背にした男がいった。「それはあなたたちが心配することじゃないんじゃないですか」

ハルは着席している男たちを一人ずつ見ていった。そういえば、みんな誰かに似ていた。立ち上がってなにか喚きだした禿げはテレビの記録フィルムで見たレーニンみたいだった。その横でチューインガムを嚙んでいる迷彩服の髭面は写真で見たチェ・ゲバラそのものだった。その前の、ずっと咳ばかりしている、痩せて身体に布を巻きつけただけの皺だらけの爺さんはガンジーにそっくりだった。じゃあ、あそこにいる、頭に茨の冠をかぶって目を潤ませてる外人はキリスト？　その隣のパンチパーマみたいなインド人って仏陀かよ？　ハルは目まいがしそうな気がしてきた。

「なにか質問があるの？」男はハルに向かっていった。まるではじめて会う人間に対するようによそよそしい態度だった。

「いえ……あの、これ仮装コンクールかなんかですか？　それとも、欽ちゃんの仮装大賞の予選？」

「そうじゃないよ。で、なんか用？」

「あの……タクシーの料金をまだいただいてないもので。それさえいただければ、帰りたいんですが」

「そりゃダメ」男はあっさりいった。「どういう理由であれ、ここまで来たら、あんたを帰すわけにはいかん」

「じゃあ、会社に電話していいですか？　トラブルがあってすぐには帰れないっていっておかないと」

「それもダメ」

「あの……ここ、なにをやるところなんですか？」

「いい質問です。それについてはこれからみんなにも発表するところです。さて、みなさん」

そういうと、男はくるりと背を向け、チョークを持つと黒板に大きくこう書いた。

「最後の審判」

ブーイングの声が一斉にあがった。長椅子に座ってショボくれていた連中の中には立ち上がって抗議をしているやつもいた。なんだかみんな急に元気になったみたいだった。

「ナンセンス！」椅子の上に駆け昇り、真っ赤な顔で叫んでいるのはゲバラみたいなやつだった。

「誰に断って勝手に『最後の審判』なんかすんだよ！　あんた、神だっていうの？」茨の冠を振り回しながらキリストみたいなやつがいった。そいつの頭からは血がダラダラ流れていたが、それに気づかないほど興奮しているようだった。毛沢東みたいなやつとレーニンみたいなやつに至っては、男のくせに腕を組んでハルの知らない革命歌かなんかを歌いだした。

「静粛に！」黒板を背にしてみんなの様子を黙って眺めていた男がいった。

「あなたたちはですね、自分がどういう立場に置かれているかわかってるんですか？　あなたたちは大きな過ちを犯したわけですよ。過ちです。わかってます？　そろそろ、清算してもらわなきゃならなくなったんです。わかりやすくいうと、ツケがたまってるわけ。

それを払ってもらいたいんですよ、こちらとしては」

「しかしね、あんた。過ちを犯したのはおれたちだけじゃない。というか、おれたちが一律に過ちを犯したって乱暴すぎないかね」レーニンみたいなやつがいった。すっかり冷静な感じに戻っていた。まるで演説してるみたいだった。どうやら、そいつは感情をコントロールするのが得意のようだ。

「おれが過ちを犯したっていうけど、元はといえば、そいつのせいじゃないか」毛沢東みたいなやつが、レーニンみたいなやつを指さしていった。ふたりはもう腕を組むのを止めていた。どうやら、利害関係が対立しているらしい。

「目くそが鼻くそを笑うって?」ヒットラーみたいなやつがニヤニヤ笑いながらいった。

「あの……」いまにも死にそうな、ガンジーみたいなやつがおずおずとハルに話しかけてきた。「わたしはなんで呼ばれたんでしょう?」

「さあ」ハルは肩をすくめた。

「女性蔑視だよ」タバコを喫いながら、仏陀みたいな男がいった。「有名だよ。あんた、奥さんを人間扱いしてなかったそうじゃないか」

「そんなことぐらいで?」

「そんなこと?」仏陀みたいなやつはガンジーみたいなやつにタバコの煙を吹きかけながらいった。「わかってないねえ、その罪万死に値するんだよ、いまは」

りこんできた。

「きみだって女に人権認めなかったじゃないか」いきなりキリストみたいなやつが話に割
「バカだなお前、おれはそもそも人権派じゃないよ。生きとし生けるものすべてに権利を認めてただけじゃん。エコロジー派っていってほしいね」

「なんだと！」キリストみたいなやつは口から泡を吹きながら仏陀みたいなやつに詰め寄った。目が真っ赤で、なんだか危ない感じだった。

「静粛に！　何度いったらわかるんですか！　勝手な発言は禁止します！」黒板の前の男は呆れたようにいった。

「いいですか、みなさん。どのくらいツケがたまってるかというと、ざっと二千年分なんですね。利息まで要求したら大変ですよ、これ。でも、それはなしで結構です。そんなケチくさいことはいいませんから。でもね、元本は払ってもらいたいわけなんですね。みなさんのツケを認めるといろいろやっかいなことが発生しちゃうもので」

「質問」手をあげたのはマホメットみたいなやつだった。というか、頭にターバンを巻いているからそう思ったにすぎないのだが。

「なんです」男がいった。

「さっき、誰かも訊いてたけど、あんた、誰なわけ？」

男は少しの間考えた……ふりをしているように見えた。そしていった。

「強いていうと、神じゃないですか」

「神？　神なら、おれと契約してるはずだけど。いきなりこんなところに呼び出したりしないぜ」キリストみたいなやつが食ってかかるようにいった。

「ああ、あんたの契約してたやつね。あいつならもういませんよ」男は吐き捨てるようにいった。

「いない？　いないって……」キリストみたいなやつはえらくうろたえた様子でいった。

「そう。あんたは知らないかもしれませんが、あいつはかなり問題を抱えてましてね」

「問題……？」

「そうなんですよ。一種のノイローゼになっちゃったんですよ。この仕事も長くやってると、だんだん神経がやられちゃうんですよねえ。対人関係に気を使わなくちゃいけないし、休みはとれないし、ほんとたいへん」

「わかった！」でかい声で叫んだのはレーニンみたいなやつだった。「納得したよ。そいつ、死んだんだな」

「いや、神ってそんなに簡単に死んだりしないんですよ。実はねえ、そいつ、失踪しちゃったんですよ」

「うそ！」キリストみたいなやつは悲鳴をあげた。

ハルは黙って座っていた。

考えなくちゃならん。ハルはそう思った。社長風の男と神。ガンジーみたいなやつ、キリストみたいなやつ、マホメットみたいなやつ、仏陀みたいなやつ、レーニンみたいなやつに毛沢東みたいなやつ、ゲバラみたいなやつにヒットラーみたいなやつ……なのに、これ、仮装大会じゃないんだって？

その時だ。

「よろしいですか？　質問がなければ**最後の審判**に移らさせていただきます。さてその内容ですが」男はそういうと、間髪をいれず、チョークで黒板になにか書きはじめた。カッカッツカッツカッツ。チョークが黒板を噛む音が部屋に響いた。

「**バトルロワイヤル**」

「なんだってえ？」

またブーイングが起こった。男は、我関せずとばかり、手をあげ合図をした。ドアが開いて、ピザの宅配人みたいな恰好のやつが何人も入ってきた。手には武器を持っていた。マシンガン、ピストル、サバイバルナイフ、弓や槍もあった。宅配人たちは黒板の前の机の上に武器を積み上げるとまたドアから出ていった。

「ルールは簡単。小説や映画にもなってます」男はいった。

「合図をしたら、この武器を使ってお互いに殺し合ってください。いっておきますが、ズルはダメ。三時間たってふたり以上生き残っていたら、教室ごと爆破しますからね」

「ちょっと待った」仏陀みたいなやつがいった。「最後にひとり生き残ったやつはどうなる?」

「いい質問です」男はニッコリ笑っていった。「その時になったらわかります！　それじゃ、スタート！」

その瞬間、男の姿が空中にパッと消えた。二代目引田天功のマジックみたいに。気がつくと、机の上の武器がいつの間にか教室に取り残された連中の手の中に移動していた。

「なんたる早業だ」レーニンみたいなやつが感心したようにいった。「まさか、あいつのいいなりになったりしないよな」

そういいながら、そのレーニンみたいなやつは手にしたマシンガンの銃口を下げた。

「ほら、みんな、その物騒なやつを捨てようじゃないか」

「あんたから捨てなよ」仏陀みたいなやつは両手に拳銃を握りしめたまま、少しずつ後ずさりしながらいった。「あんたがいちばん物騒だぜ」

「殺し合いは止せ！」両手を拝むように突き出してガンジーみたいなやつがいった。

「汝、殺すなかれ」

そこまでいったところで、ガンジーみたいなやつが倒れた。額の真ん中に穴が開いてそこから血がどくどく流れていた。

「こいつ、服の中にリボルバーを隠してたんだぜ」ピストルを握りしめたまま、ゲバラみたいなやつがいった。硝煙の臭いがした。ゲバラは泣きそうだった。いや泣いていた。そして、泣きながら机の陰に隠れた。バン！　ヤバい音が聞こえた。

レーニンみたいなやつがマシンガンを持ったまま仰向けにぶっ倒れた。残りの連中も慌てて姿を隠した。


ハルは顔を伏せ、床に這いつくばっていた。どうしても顔があげられなかった。もうとっくになにも聞こえなくなっていた。バリバリと誰かがマシンガンを乱射する音も、窓ガラスが盛大に割れる音も、壁に弾丸がめりこむ音も。

「同盟を組もう」さっき、机の陰からいきなり毛沢東みたいなやつにいわれたのだ。「あんたが前、おれが後ろ」

「じゃあ、ふたりだけ残ったらどうするんだね」ハルが訊ねた。すると、毛沢東みたいなやつは「その時はその時だ」と答えた。

それから一分後に毛沢東みたいなやつの頭は吹っ飛んでいた。同盟を結んでも役に立たなかったわけだ。だからハルはただひたすら騒ぎがおさまるのを待っていた。

静かだった。きっとみんな死んでしまい自分だけ生き残ったにちがいない。ハルはそう思った。そうなるべきだったのだ。他の連中はともかく、おれはツケなんかためてやしない。殺されてたまるか。

ハルは起き上がった。あちこちに死体が転がっていた。キリストみたいなやつも、ヒットラーみたいなやつもみんな蜂の巣になって転がっていた。ハルは不意に反対を向いた。なんとなくそんな気分になったからだ。社長風の男がピストルをこっちに向けていた。

「なんだよ、お前が生き残ったのかよ」男は残念そうにいった。

「そうみたい」ハルはあっさりいった。

「強運だな」

「ほんとに？」

「うそ」

「えっと……もう帰っていい？」

「この期に及んで、まだ助かると思ってんの」

「おれ、関係ないんじゃないの？」

「お前、戦場にいたじゃないか」

「なにもしなかったけど」

「ここではそういう言い訳は通用せんのよ」

男は撃鉄を引き起こした。

「おいおい、あんた、結局タクシー代払わん気だな」

男は同意するように頷いた。そして、ピストルで自分の頭を指さした。どうやら、そんなことを心配したって仕方ないだろ、といいたいようだった。いや、最初からタクシー代なんか払うつもりなんかなかったよそれぐらいのことがわからなかったのか、といいたいようだった。いや、そうではなく……。男はゆっくりと銃口をハルの顔面に向けた。気の毒に、という顔つきをしていた。

「ちょっと待った！」ハルは叫んだ。「いい残しておきたいことがある」

「いいよ」

男は銃口を下に向けた。ハルは考えた。死に臨んで、おれがいいたかったのは……いいたかったのは……。

「有馬記念……」

男は頸をかしげた。そして、不思議そうな顔つきになった。

「有馬記念でテイエムオペラオーから馬券を買うんじゃなかった」

男は再び銃口をハルに向けた。ハルは目を閉じた。カチッ。ハルは目を開けた。カチッ、カチッ、カチッ。男は銃を握ったままアホみたいな顔つきでハルを見ていた。

ハルは素早く足元にあったマシンガンを摑むと、男に向けた。そして、引金に指をかけながらこういった。

「サヨナラ勝ちだ」

「くそ。そんなことしていいと思ってんのか?」

「お客さん」ハルは冷静にいった。

「何？」

「タクシー代、耳を揃えて一万五千円払ってもらおうか。ただ乗りは許さないぜ」

男はハルの顔を見つめていた。なにごとか真剣に考えているようだった。余裕たっぷりのようにも見えた。ほんとうは冷や汗をかいているのかもしれなかったが。

「二万円出す。東京まで送って」

「二万五千円」ハルは叫んだ。「ビタ一文まけられないね」

「貸切だったら、そんなにしないぜ」

「おれ、マシンガン持ってんだぜ」

「二万二千円。撃ったら、元も子もないじゃん」

ハルは用心深く、左手でマシンガンを握ったまま、右手を差し出した。

「握手しよう。あんたを東京まで送るよ。二万四千円な」

「オーケイ。交渉成立だ。四社共通チケットでいい？」

ハルは大きく頷いた。悪くない。不景気の最中、こんなに大口の客は珍しい。

やがて車は東京に着いた。男はいった。

「ここでいいよ」

男はハルにチケットを渡した。

「お客さん」

「何だね」

「千円多いけど」

「チップだよ」

ハルはニッコリ笑った。

「ありがとうございます」

男はドアを開けると車から降り、そしてドアを閉めた……と思うと、またすぐにドアを開けた。

「一ついっておくけど」

「何です?」

「何が起こっても気にするな」

「何か起こるんですか?」

「さあな」

ハルは車を出発させた。ハルはひとりごとを呟いた。何か起こるのか? わからん。

道端で客が手を上げているのが見えた。ハルは客を拾った。車を発進させた。それから、しばらくして、ハルは客に訊ねた。

「お客さん、ヒットラーってどう思います?」

「ヒ……ヒットラ?　なんだい、それ?」

「確か、軍人だと思ったんですが」

「間違いじゃないか。おれ、戦争には詳しいけど、そんな人知らんよ」

「じゃあ、キリストは?　十字架にかけられたって人」

「誰、それ。芸人かなんか?」

　ふむむむ。ハルは呻いた。ふむむむむむむ。そういうことか。そういうことなのか。ハルは慌てなかった。何かが起きたのかもしれない。だが、その程度なら予想できることだった。しかし……しかし……ほんとうにそれだけなのか?

　ハルは目を閉じ、静かに歌いはじめた。

「君が代は　千代に　八千代に……」

　客は黙って、ハルの歌を聴いていた。まったく。おかしな運転手が増えたもんだ。男はそう思った。こういうやつは放っておくに限る。でも、後でタクシー会社に電話だけは入れておこう。それにしても、この曲、どこかで聴いたことがあるような気が……。


（初出「文學界」二〇〇一年十月号、「すべてのタクシードライバーがロバート・デ・ニーロに似ているわけではない」を改題・改稿）

愛と結婚の幻想

女とはパーティで知り合った。女は詩人だった。パーティ会場の真ん中で詩を読んでいた。美人だった。腰がくびれ、尻はデカかった。目も大きかった。要するに、その女は男の好みだった。女は白いTシャツにジーンズをはき、うっとりした表情で詩を読んでいた。

「アインシュタインが銀河鉄道に乗った
アインシュタインは夕刊フジと少年ジャンプを膝の上に置いた
ペットボトルに入ったウーロン茶は窓際に
旅の準備は完了した
車掌が来た
アインシュタインは切符を出し、こういった

『普通グリーン券、品川から鎌倉まで』
車掌は帽子をとった
『光速で走っている人に光は止まって見えますか？
光の波を伝える媒質はエーテルですか？
物体の質量は物体に固有のものですか？
究極の物質とは何ですか？
物質と反物質が衝突するとどうなりますか？
グリーン券の値段は７５０円です、お買い上げどうもありがとうございます』
しばらくすると車掌がまたやってきた
『お客さん、もう鎌倉は過ぎました』
アインシュタインはびっくりしていった
『えっ、いまどこ？』
『ですから、鎌倉は通りすぎ、室町も過ぎ、平安まであと15分』
『しまった、横須賀線と間違えちゃった』
銀河鉄道は行くよ
どこまでも
$E=mc^2$」

男は手に缶ビールを持ち、突っ立ったまま、女が詩を読むのを聞いていた。なんのことだかぜんぜんわからなかった。アインシュタイン？ 物質と反物質？ グリーン券？ $E=mc^2$？ なんだ、そりゃあ。だから、同じように周りで突っ立って聞いている他の男に訊いてみた。

「これ、詩なのかい？」

「そうだよ」

「いい詩なのか？」

「わからん」

「最後の $E=mc^2$ も詩なのか？」

「たぶんな」

それから別のやつにも。

「あの女、詩人なのかい？」

「そうだよ」

「有名なのか？」

「けっこうな」

「付き合ってる男はいるのか？」

「さあ、いまはいないんじゃないか」

女が詩を読み終わると、男は前に出て拍手をした。

「ありがとう」女はまだ興奮冷めやらぬといった感じでいった。

「良かったよ。あんなすごい詩、読んだことないね」

「嬉しいわ。わたしの詩、難しいっていわれるのよ。そんなことないのに」

「そりゃ、きっと、頭で考えすぎるからだな。頭でっかちなんだよ、みんな。なにかを聞いたり見たりしたら、意見をいわなきゃならんと思うんだ。いろいろ解釈したりね。無意識とか不安とかいろいろいいたくなるんだよ。現代病だ。そうだろ？　詩なんて、パッと読んでなにかを感じたら、それでいいんだ。音楽とか絵とかと同じだよ。それなのに、みんなわかった気になりたいんだ。病気なんだよ」

「その通りよ。もしかしたら、あなたも詩を書くの？」

「書くよ」男はあっさりいった。「というか、昔はたくさん書いたけど」

「いまは？」

「いまはほとんど書かない。そういう時期になったんだよ。わかるだろ？　詩を書いていると、そんな時期にぶつかるんだ。おれは自分に向かってこういってやった。気がつかないうちに、深入りしすぎたんじゃないか？　視野が狭くなってんじゃないか？　言葉、言葉、言葉。それじゃあ中毒しちまうぜ。だから、ちょっと離れることにしたんだよ。あまり近づくと危険なものだからな。そうだろ？」

「そうよ！　あなた、よくわかってるわね」

女は男の目をじっと覗きこんでいた。男は女をじっくり観察していた。近くで見ると、それほど美人ではなかった。目は大きかったが、離れすぎていた。そばかすとシミがあった。目尻には小皺も。口も少し大きすぎたし、化粧も濃すぎた。若く見せようとして、逆に老けてみえる。そういう化粧だった。奥歯に被せものがしてあった。肩幅も標準より広かった。まあいい。男は思った。ベッドの中に入ったら、そんなことはどうでもよくなる。それに重要なのは、もっと別のことだ。

「確かに、書かないという選択もあるわ。それはとても重要なことね」女は考え深げにいった。

「おれたち、気が合うみたいだな」男はニッコリ笑った。

女が化粧室へ行ってる間、男はパーティ会場を歩いて、女に関する情報を集めた。女は詩人で小金を貯めていて、原宿のマンションに住み、猫を二匹飼っていた。アメリカンショートヘアの雑種だ。出した詩集は五冊、詩の賞をとったことがあり、タウン誌にエッセイを連載していた。女性誌で身の上相談の連載もやっていた。テレビのワイドショーにコメンテイターとして出ることもあった。留学経験があって、結婚は二度、離婚も二度。子供がいた。五歳の女の子だ。可愛いらしい。二度目に離婚した亭主から慰謝料と養育費をもらっていた。料理が上手く、バイセクシュアルの噂があり、好きな作曲家はシベリウスで、陶芸をはじめたばかりで、近視だった。小さなワインセラーを持っていて、週末になると女友だちとパーティを開くらしかった。趣味はアンティークで、美容整形で有名なタカナシクリニックに何度も通っているという噂もあった。マンションの上の階には母親が住んでいた。その母親は七十七歳で車椅子に乗っていた。

女が化粧室から戻ってきた。

「あんた、きれいだな」

「あら。他の男と同じようなことをいうのね」

「ふつうがいいんだよ。ふつうであることをおれは目指してるんだ。おれの理想は、日向ぼっこしながら、鼾をかいてる猫になることさ。すごい詩を書いたからって、なんになる？　おれは反省したんだ。それぐらいで悦にいっちゃいかん。人生全体を100パーセントとしたら、それは何パーセントに当たるんだ？　謙虚にならなきゃならん。昔の偉い詩人はみんなそうだった。自分のために書いたんだ。いや、やつらは自分のためにさえ書かなかった。朗読していいところを見せようとか、何万部も売りたいとか、有名になろうとか、文学史に残ろうとか、そんなケチくさいことは考えなかった。いい詩を一つ書いたら、調子にのってもう一つ書こうとか思ったりしなかった。そんな時間があったら、豆を水に浸して、しばらく空を眺めてた。なんでか、わかるかい？」

「わからないわ」女はうっとりした様子で男を眺めながらいった。

うまくいってるようだった。結婚したり離婚したり恋愛したりして、なんでも経験したと思いこんでる。悟ったような気になってる。いっぱしの人間だと思いこんでる。だが、実は世間知らずの女なんだ。疑うことを知らない。間違い。言葉を疑うことを知らない。他人がしゃべっている言葉を自分が書いている詩と同じようなものだと思っちまう。中学生の頃からまるで進歩してないんだ。どうしようもない。女はたいていそうだ。特になにかを書いてる女は。その中でも、詩を書く女ときたら。

「料理するためだよ。だが、ただ料理するんじゃない」

「どういうこと?」

「豆が少しずつ水を吸いこんで、膨らんでゆく。その時間を楽しむんだ。それは無為な時間じゃない。生きるということと、ただ生きるということは違う。そのプロセスを楽しまなくちゃならないんだ。それができないやつは、詩を書く資格なんかないね」

「あなた、料理もするの?」

「もちろんさ。料理ぐらい楽しいものはないよ。おれにいわせりゃ、ふつう、家庭で主婦がやってるのは『料理』じゃない。ファストフードの店で食うのと同じだよ。作ること、食べさせることが目的になってしまってる。そうじゃないんだ。そこへ至るプロセスが大事なんだ。鍋やサラダ油に呼吸させることを知らなきゃならん。豆も水も鍋も、サラダ油も砂糖もガーリックオイルも、存在の連鎖の一環なんだから。そんなことも知らずに、詩がどうしたとかいってもらいたくないね」

「耳が痛いわ」

「いや、あんたを責めてるんじゃない。おれだって、ついこの間まではただ書くだけだった。アホみたいに詩ばかり書いて、偉い批評家や、同業者に誉められては喜んでたんだ。なにもわかってなかったのさ。詩人であることを鼻にかけてる連中の詩を読んだり聞いたりするぐらいなら、鍋の中で豆が煮える音を聞いてる方が百倍も詩的だよ」

女は尊敬の眼差しで男を見ていた。

「あなたの詩も読んでみたいわ」

「いいけど、言葉の方が大切なのかな、当の人間より」

「そんなことないわよ」

それからふたりはパーティを抜け出した。夜の街に出た。小さなビルの小さなエレベーターに乗った。エレベーターが上がっている間に最初のキスをした。もちろん、「小鳥のような」優しいキスだ。

窓の外の夜景を見ながらふたりはワインを飲んだ。

「静かなのね」女がいった。「どうして、しゃべらないの？」

「おれは自分が時々、自意識過剰なんじゃないかと思うんだ」

「どうして？」

「パーティで会う、会場を抜け出す、小洒落た飲み屋で一杯やる。で、どうなる？　なんかぜんぶ雑誌に書いてないか？　ここ、『東京、やれる店マップ』なんてのに載ってる店じゃないのか？　そんなことの一切に、おれはうんざりしてるんだ」

「あたしもよ」

「あんたと会えて良かったよ」

「こっちこそ」

飲み屋の次はホテルだった。部屋に入ると、後ろから女を抱きしめた。キスしながらベッドまで連れて行き、倒れこんだ。まず、キスだ。一回目は、決して乱暴なことはしない。女は十分に興奮していた。だが、あくまでキスだった。そして、服の上からの愛撫。男は薄目を開けて、女を観察していた。小鼻が膨らみ、目の縁が小刻みに痙攣している。閉じた瞼を舌で舐めると、女が身震いするのがわかった。みんな退屈なゲームだった。どうして、こんなことを誰でもやりたがるのだろう？

服を脱がせた。まあまあだった。胸は意外に大きく、陰毛は薄かった。男は薄い陰毛が好みだった。ぼんやりした繁みの向こうに性器が透けて見えるのがなんともいえないのである。

終わると女はぐったりしていた。男は腕枕をした。初歩的な親切だ。女がなにかいった。好きとか、そんなことだ。おれもだ、と男はいった。決まってるじゃないか。他にいいようがあるかい。

しばらくすると、女は電話をかけた。母親にらしかった。遅くなるけど心配しないで、と女はいった。心配するべきだろうふつう、と男は思った。どんな男にひっかかっているかわからんのに。

ホテルを出ると、男はタクシーで女を送っていった。タクシーを降りる時、またキスをした。女がしたそうにしていたからだ。少し舌を入れてやった。やれやれ。

次の日、電話をかけた。少し話をした。どうでもいいような話を。

その次の日は放っておいた。その次の日も。三日目の夜に電話をした。女はすぐに出た。まるで待ってたみたいだった。

「元気?」男はいった。

「ええ」女は少しどもっていった。「あなたは?」

「元気だよ。きみは悪い女だな」

「なんで?」

「久しぶりに詩を書きはじめちまった」

「あら！　素敵」

「どこがさ。それに気にいらないことがある」

「なんなの？」

「詩を書いてると楽しいんだ。というか、なにをしてても気分がいい」

「いいじゃないの」

「おれはイヤだね。幸福とか、癒しとか、恋愛とか、そういうつまらん言葉はずっと遠ざけてた。お役御免にしてた。そんなものと付き合ってると、後で苦労するだけだ。なのに、またはじめそうだ」

それから、男はまた自分が書いた詩の話をした。もちろん、詩など書いたことはなかったが、女はまるで気づいていないようだった。

「ちょっと会いたいね」男はいった。

「いま？」

「ああ、いますぐ」

「でも……お化粧しなくちゃいけないし」

「そんなのどうでもいいよ。顔さえ見られればそれでいいんだ」

結局、女は出てきた。カフェで会った。もちろん、そのままホテルへ連れていった。ホテルに入る時、握っていた女の掌は汗でびっしょりだった。二度目だから少し乱暴にしてやった。下半身だけ脱がし、むさぼるように性器を舐めると、すぐに挿入した。女は叫び声をあげた。二回目はタオルで後ろ手に縛ってからやった。予想した通り、Mっ気のある女だった。三回目は目隠しをして、バイブを使った。どちらもはじめてらしかった。バイセクシュアルというのは嘘だな、と男は思った。女は何度もイッたあげく失神してしまった。気を失った女の隣でしばらくテレビを見ていたら、女が目を覚ました。女はなにかをいった。男もなにかをいった。好きとか、そんなことを。

　その次の日は会って、コーヒーを飲んだだけだった。次の日も同じ。その次の日も。そして、その次の日はホテルに行き、なにもせずに寝た。昨日は徹夜で詩を書いていたんだと男は言い訳した。疲れ果てたよ、詩はこわいね。それから、女にフェラチオをさせた。年の割に下手くそだった。夜になって、帰り支度をしはじめた女を後ろから抱きしめた。キスした。一度着たものを全部脱がせてから、体中を舐め、思いきり挿入した。結局、女はホテルに泊まるはめになった。女はまた母親に電話をかけた。

　二週間目には、女のマンションに行った。三週間目には、女のマンションに泊まった。母親の車椅子を押し、五歳の娘を保育園に連れていったりした。週末、女が友人たちと開くパーティにも出た。

　万事順調だった。

　二ヶ月後に結婚した。いや、もう少し前か後だったかもしれない。とにかく、それぐらいだった。もちろん、新居は女のマンションだった。男はがさつな口調だったが、態度は優しかった。食事の時間になると、母親の部屋を訪ね、車椅子を押して女の部屋まで連れてくるのは男の役目だった。朝と晩は四人で食事をとった。

「男手があると助かるわね」母親はいった。

「どういたしまして」男はいった。

「お前、最近きれいになったね」母親は女にいった。

「そんなことはないわよ」女は恥ずかしそうに答えた。

「ママ、きれいよ」娘がいった。

「ケンスケさんとはえらい違いだ」母親はいった。

「あの人の名前はいわないでよ」女は慌てていった。

「今度はうまくいきそうだね」母親はいった。

女ははにかみながら、黙ってうつむいた。男は微笑みながらその様子を眺めていた。これが一家団欒だ。

そういうわけで、万事順調だった。

女は詩を書くと、男に見せた。男は眼鏡をかけ、ゆっくりと詩を読んだ。そして、読み終わると、にっこり笑って、こういうのだった。

「いいじゃないか。音楽が聞こえてくるみたいだ。いや、絵が浮かんでくるみたいだ。すごいよ」

どんな詩を書いても「音楽が聞こえてくるみたい」か「絵が浮かんでくるみたい」だっ

た。そうでなければ「読んでるだけで満腹しちまう」だった。

奇妙なことは他にもあった。男は詩を書いたりしなかった。本も読まなかった。一日の大半をリビングで過ごし、新聞を読むかテレビを見ていた。男は結婚する前よりずっと無口になったようだった。女が用事か仕事か買物のために出かけ、帰ってくると、出かける前と同じ場所で同じように新聞を読んだりテレビを見ているのだった。

「ただいま」女がいった。

「お帰り」男は振り返らずにいった。

「お母さんを連れてきてくれる、ご飯だから」

「いいよ」

それから一家団欒だった。

「来週、運動会があるの」娘がいった。「ママ、来てくれる?」

「いいわよ。パ……パパにも訊いてごらん」

「パパ、運動会に来てくれる?」娘がいった。

「もちろん」男は新聞を読みながら答えた。「行くさ」

「ジュンイチさんとはえらい違いだ」母親はいった。

「だから、あの人たちの名前はいわないでよ」

「今度はうまくいくわね」

女はおそるおそる男の顔を見た。男の顔は新聞の向こうに隠れて見えなかった。

万事順調だと女は思おうとした。男はずっと家にいた。仕事はしていなかった。仕事の話をしようとすると、いろいろあっていまは開店休業だ、とだけ答えるのだった。それ以上訊くことはできなかった。セックスは毎晩だった。昼間と違い、男は乱暴だった。時々、こわくなることもあった。経験のないことをいきなりさせられたりもした。呆然としていると、男は舌打ちをした。そして、そのまま背中を向けて眠ってしまった。だから、友人に相談してみた。友人はのろけ話と勘違いした。

「いやあ、聞かされちゃうなあ」友人は両手を広げて笑いながらいった。その話はそれでお終いだった。


男の準備はとうに終わっていた。男はなにもしていなかったわけではない。女がいない時に、女の仕事部屋に入りこんで、なにもかも調べあげていた。知り合いの住所、仕事の連絡先、通帳に印鑑、保険証券、思い出の写真、古い日記、母子手帳、手紙、創作ノート、スクラップブック3冊分もたまった掲載原稿、ワインのラベルのコレクションとそれに書き添えられた感想コメント、生理用ナプキンと妊娠検査薬とピル、CDのシベリウス全集、知り合いから贈られた詩集……母親の障害者手帳や保育園の保護者連絡帳ももちろん調べていた。それは三世代の女が肩を寄せ合って生きている小さな世界の全体図だった。ふふん。男は鼻唄を歌った。

結婚して一ヶ月たったある朝のことだった。いや、もう少し前か後だったかもしれない。とにかく、それぐらいだった。

朝食の時間は終わっていた。女は台所で後片付けをはじめていた。母親は娘を手伝って、保育園へ行く準備をしていた。

「なに?」女がいった。男が後ろに立っていた。男はなにもいわず、ただ黙って女を見つめていた。

「なに?」もう一度、女がいった。

「いまから、寝室へ行って、一発やろうぜ」男は静かな声でいった。

「えっ?」

なにかの聞き間違いだ。女はそう思った。あたしの耳がどうかなってしまったのだ。

「聞こえなかったのか? おまえ、耳が悪いんじゃないか? おれは、一発やろうっていったんだ。意味はわかるな? おまんこしようっていってるんだ。おれはさっきから催してきてるんだ。やりたくてやりたくてウズウズしてるんだ。いますぐ、おまえのあそこに、突き刺したいっていってるんだよ」

「……なにいってるの、子供に聞こえる、いや、お母さんに聞こえるわ……」

「それがどうした？　おれは誰だ？　おまえの旦那だぜ。おまえの作る不味い飯を食い、あのゲロが出るみたいな詩を黙って聞いてやってるんだ。そんな親切な人間がどこにいる？　おまんこぐらいさせたって罰はあたらんだろ？」

女はがたがた震えはじめた。なにが起こったのか、まだわかっていないようだった。ただ、意味もなく怯えているだけだった。

「どうしたの……いったい……あなた」

「うるせえ！」男は大声でいった。その瞬間、さっきまでリビングから聞こえていた、母親と娘の声がぴたりと止んだ。

「ああ……あなた」

男は女の顔を思いきり殴りつけた。手応えがあった。女は床に這いつくばって呻いていた。男は、これからの素晴らしい結婚生活のことを考えた。喜びのあまり頬が緩んできそうだった。

（初出「文學界」二〇〇一年十一月号）

鬼畜

外に出たものの、タナカには行くあてがなかった。持っているものといえば小さなバッグが一つあるだけだった。

その日は駅の地下道で寝ようと思った。先客がたくさんいた。そいつらはちゃんと自分用の段ボールに住み、その中にペットボトル入りの水まで準備していた。タナカが新聞にくるまって寝ようとすると、そいつらは文句をいった。

「そんなところで寝るんじゃねえ！　新聞紙？　そんなもん使うんじゃねえ！　いったい、いつの時代の人間なんだよ、おめえ」

タナカは公園に行った。そっちは段ボールではなく青いビニールシートだった。入口から柵に沿って、ずっと遥か向こうまで青いビニールシートの小屋で埋め尽くされていた。どの小屋も入口は固く閉ざされていた。少しだけ中が見える小屋もあった。小屋の入口の横には例外なく傘が立てかけてあった。ペットボトル、酒瓶、携帯用ガスコンロに乗った鍋ではなにか美味い匂いのするものが煮えていた。テレビがおいてある小屋さえあった。電気はどうしてるんだ？　とにかく、そういうところに住んでいるやつはたいてい新聞を読んでいた。そして、タナカが覗きこんでいるのに気づくと、新聞で顔の下半分を隠し、大声でいうのだった。

「あっちへ行け！　見るんじゃない！　誰だ、いったいおめえは？　乞食か？」

では、いったいこの連中は何なんだろう。タナカは不思議な気がした。公園の中をずっと歩いていった。ベンチで老人が横になっていた。老人の上には冷たい雨が降りはじめていた。タナカはしばらく老人を眺めていた。老人はぴくりともしなかった。寝ているのか死んでいるのか最後までわからなかった。タナカは共同便所の中で寝た。

次の日、タナカは仕事を探しに出かけた。新聞を拾い、電話をかけた。だが、仕事はなかった。ふつうの人間でも仕事は見つからないのだ。ましてやタナカには不利な条件が多すぎた。なんでもいいのだ。タナカは思った。汚れた尻だって舐めてやる。

ドアを開けた。こういうのを「洒落た」オフィスというんだろう、よくわからないが。タナカはそう思った。壁にかかった薄い板みたいなスピーカーから小さい音でクラシック音楽が流れていた。真っ白なソファがあった。真っ白なテーブルの上には何台も紫や緑や青や橙《だいだい》色のコンピューターが置いてあった。観葉植物もあった。おかしな恰好の電気スタンドがあった。水槽では狂ったように派手な色の熱帯魚が浮いたり沈んだりしていた。なにもかもがつくりもののような感じだった。

どうせダメに決まってる。そう思った。ここまではずっとそうだった。たいていは門前払いだった。一言、二言しゃべるだけで電話は切られた。電話という関門を通過しても、ドアを開けたとたんに「あんたはダメ！」といわれた。いや、中には奇跡的にしゃべってくれるやつもいた。だが、タナカがおずおずと経歴についてしゃべると「ダメ！」というのだった。「他はどうだか知らないけどね、うちはダメ！」

目の前の男はまだ若かった。金髪だった。なのに日本人らしかった。そのことにはもう慣れはじめていた。だが、同時にうんざりもしていた。金髪で青い瞳の日本人がいること、実はそれはコンタクトを入れているからだということ、顔が真っ黒な日本人がいること、ヤクザでもないのに刺青をした日本人がいること……。

「明日から来てよ」

若い男は手帳を見ながら、そういった。

「ほんとのところ、刑務所から出てきたばかりなんです。ええ、そうなんです。世の中のことに疎いし、年もそんなに若くないし、それから……」

「そんなことどうだっていいじゃないか」

男はそういった。男の口の中が見えた。もちろん、いつもならまるで気にならないことだった。誰かがしゃべる。すると、口が開く。中が見える。それだけのことだ。人間はそうやって五百万年は生きてきた。そんなこと誰も気にしなかった。

男の口の中に舌があった。舌は真ん中あたりで二つに裂けていた。そして、二つに裂けた舌の両方が少しずれて動いていた。

舌が裂けてる！　舌が裂けてんじゃねえか！　悪魔だ！　タナカは悲鳴を上げそうになった。だが、のどからは空気のようなものが出るだけだった。タナカは逃げようとした。だが、腰は椅子にへばりついたままぴくりともしなかった。

「びっくりした？」

男は薄笑いを浮かべながらいった。

「最初は誰でもびっくりするんだ。でも、すぐに慣れるよ」

タナカはアホみたいにあんぐり口を開けて、それを見つめていた。目をそむけようとしても無駄だった。その裂けた舌から、なにか強力な引力が発生しているみたいだった。

「それ……手品？」

タナカはかろうじてそれだけいった。

「タング・スプリッティングっていうんだ。ぼくはアメリカの口腔外科医にやってもらった。すごく簡単な手術さ。切断と縫合を合わせて十五分もかかりゃあしない。アメリカじゃあ千ドルあればお釣りが来るけど、日本じゃあまだ例が少ないから、かなり高いと思う。だいたい健康保険の対象外だもんな。自分でやるやつも多い。そういう時は、まず舌の真ん中に一列にピアスをする。それから、釣りの時に使うテグスできつくその間を結ぶわけ。そしたら、二、三週間できれいに真っ二つになるんだ」

男がしゃべっている間中、タナカの視線は裂けた舌に釘付けになっていた。**ほんものだ！　ほんものの舌が二つに分かれて動いてる！**

その時、若い女が入ってきた。ひどく短い、下着のような服を着ていた。すごい身体だった。歩くとワンピースの胸や尻のところが破けそうだった。なにを食べたらそんな大きな胸になるのか見当もつかなかった。女の髪は緑色で、瞳は金色で、爪はぜんぶ5センチぐらいあってどれにも複雑な模様が描いてあった。

「紹介するよ。秘書のマリアンだよ。マリアン、今度うちで働いてもらうタナカさんだ」

「あら。よろしくね。あたし、マリアン」

女はタナカに向かってそういった。日本人でもマリアン。いいだろう、それぐらい。タナカは女の口の中を覗きこんだ。舌は裂けていなかった。ふつうの形をしていた。タナカは安心した。よかった。どうなるかと思った。しかし、安心するのは少し早すぎたようだった。女の舌の位置が妙なことにタナカは気づいた。女は舌を伸ばした。**舌は伸びた。どこまでも。**そして顎の先に到達すると、記念にそのあたりを舐めてみせた。

タナカはまた呻いた。冷や汗がドッと出た。頭がクラクラしてきたばかりか、吐き気までした。まるで懲罰房に一週間も入れられた後のような気分だった。

「マリアンがやってるのは、タング・レンクスニングっていうんだ。舌の後ろにある結合組織をメスで切ったんだよ。彼女も外科医にやってもらったんだけど、それぐらいならひとりで出来るよ。キシロカインをしばらく口に含んで舌を麻痺させたら、手で持ち上げて、小さな外科鋏で舌小帯《ぜっしょうたい》をチョキンとやるだけでいい。口の中でそこだけは血管が通ってないから、出血もないし。タング・レンクスニングをやると、自分の舌を呑みこんで窒息するというやつもいるけど、あれは根も葉もない噂さ。いわゆる『都市伝説』ってやつだ。さて、タナカさん。我々は『身体装飾』のサイトを立ち上げようとしている。ボディ・モディフィケーションというやつだ。いちばん簡単なのは刺青だが、我々がやろうとしているのはもっと過激で、もっと複雑なものなんだ。タング・スプリッティングとタング・レンクスニングの実例はいま見たろう？　舌に関してはこういうボディ・モディフィケーションもある」

　男はそういうと、タナカの前に置かれたパソコンを起動させた。画面が映った。それから、男はなにやらカチャカチャ叩いていた。

「これがタング・リムーヴァルだ」

　画面の中はヴィデオみたいに動いていた。誰かがこっちを向き、それから笑った。タナカはそいつの口の中を覗きこんだ。

ない！　舌がない！　どこに行った！

「残念ながら、これは外科医に頼むことはできない。良心的な外科医ほど、びびってやってくれないんだ。だからといって、自分ひとりじゃできない。誰か友人に協力してもらわなくちゃならない。やり方はだいたい決まってる。まず、鉄製のクランプで舌を根元からきつく挟む。しばらく放っておくと、舌はなにも感じなくなる。神経がおかしくなっちまうんだ。そうなれば、しめたもんだ。上下の門歯がちょうど当たるところから切断すればいい。出血や腫れる心配もあるし、中途半端なところで切ると舌の残りがのどに詰まることもある。これだけはファッションでやってもらっては困る。だから、我々もタング・リムーヴァルをしたいやつにはまず精神科医と相談することを勧めている。これは絶対に必要なことなんだ。なにしろ、切った舌は戻ってこないからね」

「なんで……」タナカは震える声でいった。口はできるだけ小さく、舌は見えないようにしゃべった。もしかしたら、いきなり舌を二つに裂かれてしまうかもしれないと思ったからだ。

「……そんなことをするんですか」

「いい質問だ」男はニコヤカにいった。

「誰でも自分の身体をもっとましなものにしたいと思っている。だから、女は化粧をするし、男は肌を黒くやいたりする。そこで我慢できなくなると次に待っているのが脂肪吸引や豊胸術、そして整形手術、それにタトゥーやピアシングだ。だが、それでは満足できない連中もいる。そのための手段と情報を我々は提供しようとしているわけだ。整形手術やタトゥーもかつてはアンダーグラウンドな存在だったが、いまでは誰も異常なこととは思わない。我々がやろうとしていることもいつかは通常の身体装飾となるかもしれないが、現在のところは異端と思われている。自らの嗜好を満足させてくれるコミュニティーを求めている連中は多いんだ」

「で、舌を切ったりするわけ？」

「誤解しているようだが、タング・スプリッティングやタング・レンクスニングは身体装飾としてはライトなやり方だよ。わかるだろう？　これはセックスにきわめて都合がいいんだ。舌を改造してセックスをしたら、昔のやり方なんか馬鹿らしくてできなくなる。なにしろ、タング・スプリッティングだと別々のところへ届くし、タング・レンクスニングだといままでとても届かなかったところへ届く。タナカさん、一度、マリアンにしゃぶってもらうかい？　この世に天国があるとしたらこれだと思うだろう。しかし、タング・リムーヴァルとなるとちょっと違う。政治的、あるいは宗教的主張を表現するためにそうするやつが多いね。ぼくにはわからない世界さ。そうだ、もっと別のを見たいかね？」

　タナカは黙っていた。見たくなんかなかった。なにも。そういうものを見るために「婆婆」に出てきたのではなかった。タナカはただ働きたかったのだ。汚い尻だって舐めるつもりだった。だが、裂けた舌なんか見たくなかった。

男は机の上のボタンを押して、誰かに向かって話しかけた。

「ケン、ちょっと来いよ」

奥のドアが開いて、薄ら笑いを浮かべながらデカい男が現れた。ただデカいだけでオツムは空っぽという感じだった。そして、そいつは耳といわず、鼻といわず、唇といわず、顔中からピアスをぶら下げていた。

「ケン、タナカさんに見せてやりな」

そいつはニヤニヤ笑いながら、ズボンを下ろした。

タナカは絶叫した。いや、絶叫しようとした。けれど、声は出なかった。みっともなくただ唇をぶるぶる震わせていただけだった。

ちんぽこが裂けてる！　ちんぽこが！　真っ二つじゃないか！　かあさん、この人たちは何なんです？　おれが刑務所にいる間に、世界はどうかなっちゃったんですか？

「ケンがやってるのはジェニタル・スプリッティングだ。尿道切開の拡張版と考えてもらえばいい。ペニスをいちばん根元から上まできれいに二つに裂くんだ。これは相当痛いらしい。出血もひどい。知ってるかね、ペニスは上半分まで神経が集中してる、だから痛いんだな。手術した結果、勃起不全になることもある。リスクがあるってことだ。だが、うまくいったら二本の完全に機能するペニスを手に入れることができる。わかるね？　そのすごさといったら……」

　男とケンは顔を見合わせると、意味ありげに笑った。だが、タナカはそれに気づく余裕などなかった。話もほとんど聞いてはいなかった。

かあさん！　ああ、かあさん……。この人たちは狂ってます。絶対に。

「いまの流行りはサブインシジョンだ。これはペニスの底面だけを裂く。これにも二つのタイプがあって、亀頭の下の部分だけを裂くショート・サブインシジョンの人気も根強いよ。これは先天性の尿道下裂と同じようなものだね。だいたいは、みんな自分でやるようだ。外科用の止血鉗子《かんし》で、切る部分を止める。ただし、ゆっくりと止めていかないとダメだ。部分麻酔薬、たとえばＥＭＬＡなんかを使うと痛みもぜんぜんない。この薬は医者でなくても手に入る。アメリカじゃあ、セックスショップでポピュラーな薬なんだ。ただし、日本じゃ手に入りにくいんで、うちのサイトでは個人輸入しようかと思ってる。止血鉗子を外した時には、切るべき場所は紙みたいに薄くなってる。簡単な手術だよ。それで、あそこにシリコンの玉なんか入れるよりずっと気持ちよくなるんだよ。まあ、そういうわけだ、タナカさん。ちょっと刺激が強すぎたかもしれないが、我々はそういう身体装飾を日本で流行らせようとしているわけ。身体装飾というより身体改造だ。イメージに合わせて自分の身体を変えていくんだ。サイトに入ってきてもらい、コンタクトをとる。情報を提供し、逆に新しい情報や映像をもらい、それをまた流してゆく。きちんと料金を設定して、金もとる。アメリカじゃあ、もう一大産業になってる。なにしろ、そういう趣味の連中はどこへ行けばいいかわからない。インターネット駆けこみ寺兼コンビニ兼病院というわけだ。ただし、法律上、クリアしなきゃならん問題も多い。わかるだろうが、合法と非合法すれすれのところでやるわけなんだから。ヤクザが進出を図っているという話も聞いてるし、サイトが置かれた場所を捜してる連中も多い。生半可な仕事じゃないし、安全でもない。だが、これは『成長』産業なんだ。わかるね、タナカさん？」

「ちょっと……トイレに行っていいですか」

それだけいうのがやっとだった。タナカはよろよろ立ち上がった。目まいがした。吐き気はまだ続いていた。トイレに入って、小便をした。ちんぽこを見た。まだ裂かれてはいなかった。トイレの中にもコンピューターが置いてあった。何台も。そして、その画面では、「サイト」とかの説明が流れていた。それからなにかの映像も流れていた。「ここではレッグ・リムーヴァルの情報が取り出せます。レッグ・リムーヴァルはリム・アムピュテーションの一部です。先に進んでください。レッグ・リムーヴァルの映像が取り出せます」

手術台の上に男が寝ていた。顔には布がかぶせてあった。片方の脚がなかった。もう一方の脚も太股の部分がすっかり肉を落とされ白い骨が露出していた。その骨を医者が鋸みたいなやつで切っていた……そして切り落とした。

タナカはトイレを出て、オフィスに戻った。デスクの上にケンが裸で横たわっていた。ケンのペニスは猛烈に勃起していた。そして、マリアンは十五度の角度で交わる二本のペニスを、交互に、長い長い舌で舐めていた。まるで樹の枝にからむ蛇のようだった。デジタルカメラで撮影していた男がタナカに向かってウィンクした。

「あんた、撮影を替わってくれないか。ぼくも参加するから。ただ撮ってくれりゃあいいんだよ」

タナカはデスクに近づいた。いつも持ち歩いているバッグから大きなナイフを取り出した。そして、男の頸のあたりをスッと横に撫《な》でた。水道管が破裂したみたいに男の頸から血が迸《ほとばし》った。のどが真横に割れていた。男はなにが起こったのか理解できないようだった。冗談は止せといいたそうだった。ただ、びっくりしているようにも見えた。そのまま男は倒れた。こういう場合、人間は思考が停止してしまうのである。微笑みながらナイフを握って近づいてくるタナカを、ケンとマリアンは黙って見つめていた。タナカはケンのペニスを摑んだ。二本とも。そして、あっさり切り落とした。

「そんな……そんな……」

ケンは口から泡を吹き、泣きはじめた。タナカはマリアンの方に向き直った。それから腰を抜かしているマリアンの口の中に指を突っこむと、思いきり舌を引っ張り、ナイフを横に引いた。

かあさん。タナカは心の中で呟いた。**こいつらは鬼畜です**。あんなひどいことを平気でするなんて、完全に気が狂ってます。こんなやつらがいたら世界がおかしくなってしまう。こいつらは世界をむちゃくちゃにしようとしてるんです。先生がいった通りです。おれは悪くないって先生はいってました。ほら、刑務所でぼくを担当してくれた精神科医です。きみは悪くない。きみはほんとうは**鬼畜**じゃない。あの時はどうかしてたって、先生はいってくれました。**一枚の薄いヴェール**がかかっていたからなんだって。それはきみのせいじゃないんだって。そうだよ。おれもほんとうにそう思う。そうじゃなきゃ、かあさんやとうさんやにいさんののどを切ったりするわけがない。あれは、おれじゃない。あれは、おれじゃなくて、おれの知らない**鬼畜**の仕業だったんだ。おれもほんとうにそう思う。おれは二度と**鬼畜**がのさばらないようにしようと思ってます。かあさん。わかってくれるよね。

　タナカはまだ泣きわめいているケンの髪の毛を摑むと、ナイフを頸の後ろに当ててゆっくりと引いた。腱と筋肉が切れ、骨に当たる感触があった。タナカは何度も力を入れてナイフを押したり引いたりした。手応えがあった。タナカは髪の毛を離した。床に首が落ちた。あとはマリアンだけだった。タナカはマリアンの方に向き直った。マリアンは不思議な表情を浮かべていた。人間の表情ではない。タナカは思った。**これは鬼畜の表情だ**。なにもかもがくっきりと見えた。ヴェールはもうかかっていなかった。タナカはマリアンの髪を摑んだ。人形の髪を摑むのと同じだった。まるで手応えがなかった。

（初出「小説新潮」二〇〇〇年四月号）

この小説の作られ方

高橋源一郎

いったん単行本として刊行された小説が（あるいは、評論や翻訳が）、文庫になると、（ほぼ）必ず、「解説」というものがつく。ぼくは、長い間、自分の作品に「解説」というものをつけたことがなかった。

その理由の一つは、「自分の作品は、誰かに頼んで解説を書いてもらうような立派なものではない」と考えていたからだ。だが、よく考えてみれば、それは、「解説」というものがついているほとんどの文庫本に対して失礼なことだ。自分の本が立派かどうか、それを判断するのは読者であって、ぼくではない。だから、最近になって、「解説」を書いていただくようになった。

とはいえ、誰に「解説」を頼めばいいのか、それを考えるのは難しい。「解説」を頼まれて、その作品を貶《けな》す人間はいない。ということは、最初から「誉めろ」と命令して頼むようなものだ。正直いって、心苦しい。頼まれた方だって、受けるにせよ、断るにせよ、心苦しいに違いない。そこで考えたのだ、自分で書けばいいのではないか。そうすれば、誉めるにせよ、貶すにせよ、誰に遠慮する必要もない。なにしろ、自分の作品なのだからね。

そういうわけで、『君が代は千代に八千代に』について書く。

まずは、タイトルである。

タイトルは最初から決まっていた。いつ頃からかというと、ぼくがデビューした1982年頃のことだ。

まさか、と思われるかもしれないが、ほんとうです。

小説にとりかかる時、（ぼくにとって）いちばん大切なのは、タイトルだ。タイトルが決まらなければ、何も書けない。その逆に、タイトルさえ決まっていれば、すぐに書き出すことができる。そのために、ぼくには、「小説のタイトル」のストックがある。「これは！」と思うようなタイトルを思いつくと「いつか書くはずの小説のためのタイトル」にストックしておく。

デビュー作となった『さようなら、ギャングたち』も、『虹の彼方に』も、『ジョン・レノン対火星人』も、すべてデビュー前にストックしていたものだ。

デビューしてしばらくの間、ぼくは、マジメに小説も書かず、ぼんやり、タイトルの蒐集を続けていた。とはいっても、どこかに探しに行くわけではない。ある日突然思いつくまで、延々と待ちつづけるだけ。防波堤に座って、垂らした釣り糸の先の針に、魚が食いつくのをひたすら待っている、そんな感じ（たぶん）。

そうやって、ぼくは、『優雅で感傷的な日本野球』や『ゴーストバスターズ』や『日本文学盛衰史』や『ゴヂラ』といった小説たちを釣り上げたのだ。その時の獲物の中に、『君が代は千代に八千代に』も入っていたのである。

そして、ぼくは、このタイトルを釣り上げた時、心の底で、こう誓った。

「いつか、代表作と思えるものを書く時にこそ、このタイトルを使おう」と。


時は流れた。タイトルは続々と使われ、在庫は減っていった。そして、ついにその時がやって来た。「いまこそ」とぼくは思った。「『君が代は千代に八千代に』の出番なのだ」と。

その頃、ぼくは、『日本文学盛衰史』と『官能小説家』という、明治の作家たちを主人公にした（おかしな）小説を書きつつあった（というか、書き終わりつつあった）。頭の中は、明治の人間たちの夢と希望と苦しみで一杯だったが、書いているぼくも苦しかった。その苦しみの中にあって（小説を書くのは、いつも、とても苦しい、いやもちろん、この上なく楽しいことでもあるのだけれど）、『君が代は千代に八千代に』を書かなければと思ったのだ。

タイトルは決まっていた（昔から）。連載する雑誌も決まった（ありがとう「文學界」）。問題となるべき中身も、早々と決まっていた。

いま、ここに、この日本という国に生きねばならぬ人たちについて書くこと、だ。

そのことだけを心に決めて、ぼくは、この小説を書きはじめたのだった。

ところで、文庫用のゲラを読みながら（すなわち、久しぶりに、読み返しながら）、ぼくは、こう思った。この小説、もしかして、ぼくの最高傑作なんじゃないだろうか？

実のところ、この作品集に収められた短篇の一つ、一つを、どんな風に書いたのか、ぼくはよく覚えていないのである。締切り直前になると、それまでの苦しみが嘘のように、「創作衝動」とでも呼ぶべきものが、嵐のように襲いかかってきた。そして、書き終わると、脱力して、寝込む。それから、また、次の締切りの苦しみがやって来て、さらに、嵐がやって来る。そんなことの繰り返しだった。最後の短篇を書き上げた時、ぼくは、「もうダメ」と思った。「これ以上、もう書けない」と。

困ったことに、『君が代は千代に八千代に』を書いて以来、「嵐」の襲来がないんですよ……。

そうそう、忘れていた。『君が代は千代に八千代に』には、素数を扱った短篇がある。でも、これ、素数を扱ったあるベストセラー小説が出る前に書いたのです。それから、「スプリット・タン」を扱った短篇もある。これも、「スプリット・タン」が出てくる、あるベストセラー小説が出る前に書いたのでした。それじゃあ。

参考文献

松本健一著『「日の丸・君が代」の話』（ＰＨＰ新書）

サイモン・シン著　青木薫訳『フェルマーの最終定理』（新潮社）

また「Mama told me」の設定に一部、永沢光雄著『ＡＶ女優２——おんなのこ』（コアマガジン、文春文庫）から示唆を受けたところがあります。記して感謝します。

そして18年後

著者から読者へ

高橋源一郎

おそらくこの文章の前に載っているはずの文春文庫版の解説「この小説の作られ方」から18年が過ぎた。早い。54歳だったぼくは、いま72歳だ。びっくりする。

前回と同じように『君が代は千代に八千代に』をじっくり読んだ。もちろん18年ぶりに。困った。前回と同じ感想だ。やっぱり面白いんじゃないか、この作品。というわけで、購買もしくは読書をためらっているみなさん、買って読んでみてください。後悔しないはずです……いや……後悔するかも……少なくともびっくりはします。あるいは、生きているのがイヤになるかも。それでもいいなら、ぜひ。作者保証つきですので。

読んでみて誰しも思うかもしれないが、作者は、なにもかもうんざりしているように見える。もちろん、自分が書きつつある小説にも、である。生きること、考えること、あらゆることに。そしてうんざりしている自分自身にもうんざりしている。そりゃたいへんだ。作者に同情したくなる。まあ、その作者というのがぼくなんだが。

それでも作者は生き延びて、いまこの文章を書いているわけである。とにかく大丈夫みたいだ。なにが？　よくわからんけど、生きていることではないかな。

今回読んで気づいたのだが、某J……事務所の件をすでに書いていたようだ。すっかり忘れていた。

「ああ。番組が終わってホテルに帰るとね、あの子たちはボスから呼び出されるんだよ。そして、ボスの部屋へ行くと、ボスはあの子たちに裸になるよう命令するんだ。そして、ボスはあの子たちの……」

この後どうなるのかは、自分で確かめてください。たぶん、これを書いたのは「週刊文……」が、その「ボス」の告発キャンペーンをやっていた頃だろう。よく、某J……事務所から抗議されなかったものだ。文芸誌に地味に載っているだけだったから、気づかれなかったのだろうか。いや、連載していたのが、「週刊文……」と同じ出版社だったからなのかも。

ところで、ぼくは時々、自作朗読をする。だいたい朗読する作品は決まっている。この作品の冒頭におさめられている短篇「Mama told me」か、『さよならクリストファー・ロビン』という作品の冒頭の短篇「さよならクリストファー・ロビン」だ。

後者の方は、自分でいうのもなんだが、たいへん感動的な作品だ。泣いている聴衆もよく見かける。なんと作者の本人まで、泣きそうになる。

問題は、前者である。もちろん、なんの説明もしないで読み始める。すると、聴衆のみなさんが途中からそわそわしはじめる。怖そうな顔つきになる人もいる。泣きそうな顔つきの人も。もちろん、「クリストファー・ロビン」とは異なり、感動して泣きそうになっているわけではない。会場から逃げ出したいのに逃げ出せないから泣きそうになっているのではないかと思う。明らかに怒っている人もいる。横に座っている子どもの耳をふさいでいるお母さん（らしき人）がいたのにはびっくりした。ぼくが聴衆の側にいたら、そうしたかも。ほんとうに申し訳ない。

そういうわけだ。読んでも怒らないでほしい。もう書いてしまったので元には戻せないのだから。

透明な革命の前夜

解説　穂村　弘

「鬼畜」の主人公タナカは刑務所から出てきたばかりだ。寝場所を探して駅の地下道や公園に行くと、ホームレスの人々から「いったい、いつの時代の人間なんだよ、おめえ」「誰だ、いったいおめえは？　乞食か？」などと云われる。家はなくても、彼等は新聞を読んでいる。テレビを持っている者もあった。社会のぎりぎり内側にいるのだ。一方、タナカは地上に戻った浦島太郎のようなものだ。浦島太郎も生きるために働かなくてはならない。「ふつうの人間」でもなかなか仕事がみつからないご時世において、タナカは生きるために「汚れた尻だって舐めてやる」と決意している。ところが、意外にも「洒落た」オフィスを構える会社から「明日から来てよ」と誘われた。夢のような話だ。にも拘わらず、タナカにはその「『成長』産業」の仕事が勤まらなかった。舌を裂いたり伸ばしたり除去したりする「身体装飾」の世界が、彼の目には地獄の光景に映ったからだ。地獄では閻魔様に舌を抜かれるというではないか。汚れた尻は舐められても、タナカにはとても耐えられない。

本書に収められた作品の多くには、このような自分と世界とのズレが描かれている。目の前の風景が地獄に見えるタナカのことを、おかしいとばかりは云えない。還暦を越えた私は、お洒落なカフェに入ってスマートフォンで注文させられたり、初めての店でセルフレジの前に立ったり、流行りのTikTokを見たりする時、自分も小さなタナカだと思う。最先端の世界が自分の目には、一瞬、地獄に映るのだ。こんなところで自分は生きていけるだろうか。昭和の頃、初めて回転寿司を見た老人もそんな風に思ったかもしれない。

「Mama told me」のヒラタもまた、二十五年ぶりに刑務所から出た浦島太郎だ。「髪を染めたり、鼻にピアスをした男や女がいた。ここはどこだ？　刑務所で読んだSFの中にそんな光景があったような気がした」。だが、実際には今頃「革命、マルクス、社会主義と国有化」の話をする浦島太郎のほうがSF的な存在なのだ。現世の基本的な枠組みは、ずいぶん昔にほぼ確定されてしまったのだから。

「Papa I love you」では、主人公の白昼夢に老いぼれのホームレスが登場する。彼もまた叫ぶ。「地獄だ！　老いぼれはそう思った。ずっとそう思っていた。この世界は間違ってる」。でも、公園で遊ぶ犬たちがブランド物を着ている世界では、チョンマゲを頭に載せてタイムスリップしてきたかのような彼のほうが「ゴミ」で「クズ」なのだった。だが、主人公はそんな綺麗な世界の裏側を知っている。「ああ。番組が終わってホテルに帰るとね、あの子たちはボスから呼び出されるんだよ。そして、ボスの部屋へ行くと、ボスはあの子たちに裸になるよう命令するんだ。そして、ボスはあの子たちのおちんちんをペロペロなめたり、自分のおちんちんをなめさせたり、時には自分のおちんちんをあの子たちのお尻の穴に突っこんだりするんだよ」。ならば、そんな人物が「ボス」として支配する世界を地獄と感じるチョンマゲの老いぼれは間違っていないのでは。

「ヨウコ」の主人公スズキは小学校の教諭だ。刑務所帰りの浦島太郎でもチョンマゲのホームレスでもない。そんな彼にも世界はこう見えている。「子供に洒落た名前をつける親の気持ちがわからなかった。理解できなかった。狂っているとしか思えなかった」。「もしかしたら地獄というところでは時間はこうやって流れるのかもしれない」。そんな彼は身長140センチのダッチワイフに「ヨウコ」と名前をつけて愛している。もちろん、「子供に洒落た名前をつける親」たちからは、そちらのほうが「狂っているとしか思えなかった」だろう。スズキは目の前の日常という地獄を脳内で一人の天国に変換しながら、なんとか日々を送っている。「スズキはなおも戦おうとしていた。それはほんとうだった。おれは戦ってきたんだ。あんたたちは、そうじゃないというかもしれんが」「早くヨウコに会いたい。スズキはそう思った。他にしたいことはなにもなかった」。だが、その心の戦いに敗れた時、彼も壊れて刑務所か病院に入ることになるのだろう。

それにしても、とふと思う。現世の基本的な枠組みはほぼ確定済み、とさっきはつい書いてしまったけれど、それは本当に本当なのだろうか。「SF」や「チェンジ」や「君が代は千代に八千代に」では、SF的な発想によって、この枠組みが壊されて世界が更新される様子がスリリングに描かれている。思考実験によって地獄からの脱出の可能性が探られているのだ。だが、その道もまた一歩間違えれば大変なことになる。現に登場人物たちは今にも間違えそうなオーラを帯びている。脱出に失敗した時はどうなるのか。もう刑務所や病院に入ることもできない。彼等は現世の枠組みの外にある未知の地獄に落ちるのだ。

「素数」の主人公のテルオもまた少年鑑別所に入っている。「他人のすることは、なにもかもが腹立たしく、馬鹿馬鹿しいだけだった。間抜けな面をして、見当外れのことばかりしている。それをどうやら「生きる」と呼んでいるらしかった。そんな連中がどうして、平気で生きていけるのかテルオにはわからなかった」。ここまでは他の主人公たちと同様に見える。だが、意外な脱出口があった。彼はノブヒコという少年に注目する。ノブヒコの心は現世ではなく、「素数」の世界に生きている。テルオは「この謎めいた、いったいなにを考えているのか理解できないこの少年の目に外の世界がどう見えているのか知りたいと思うのだった」。世界の像を作っているものが言葉の網の目だとしたら、数字を駆使することによって、体は現世に留まりながら、心がその外へ出ることはできるかもしれない。そんなノブヒコの強迫観念的な試みにも失敗の可能性はある。人間に言葉を与えた誰か、例えば造物主が果たしてそれを許すだろうか。でも、意外にも先に鑑別所から出されたテルオは平気だった。「愛と結婚の幻想」の主人公と同様に、彼は一匹の鬼として生きてゆくらしい。鬼にとっては地獄がホームだ。

自分と世界とのズレに関して、さらに幾つかのシーンを挙げてみる。


長い長い醒めない夢を見ている。(「Mama told me」)

それから、公園のベンチで眠ると朝は決まってベンチの下で目を覚ましたことを。なぜ、落ちたことに気づかなかったのだろう。その謎はいまもとけなかった。(「Papa I love you」)

夏の午後だった。いや、春だったかも。わからん。(「Papa I love you」)

どうしようもなく、暑かった。そんな気がした。気のせいかもしれなかった。(「SF」)

だいたい、レオンって、ほんとにおれの名前なんだろうか……。(「SF」)

自分がなにをしようとしているのか、スズキにはわからなかった。わかったことがなかった。五里霧中だった。(「ヨウコ」)

スズキは時々、自分がこわくなることがあった。なにをしているのかわからなくなるからだった。自分がなにをしたいのかわからなくなるからだった。自分がなにを考えているのかわからなくなるからだった。（「ヨウコ」）

ノブヒコは顔をあげた。おかしな表情だった。もしかしたら、それは表情というものではないのかもしれなかった。ノブヒコはテルオを見た。だが、どこにテルオがいるのかわからないみたいだった。（「素数」）

なんだか妙な感じがした。現実感がないのである……いや、そういうわけでもない。それが現実であることはわかっていた。問題は、現実というものがどういうものなのかよくわからないことだった。（「人生」）

太陽ってこんなものだったっけ？　ひどく元気がなく、灰色でみじめに痩せ衰えていた。見れば見るほど、ほんものの太陽とはいえない感じがした。（「君が代は千代に八千代に」）

「間違っています！　間違っています！　間違っています！」

「なにがだよ！」ハルは叫んだ。（「君が代は千代に八千代に」）

登場人物たちは口々に自分と世界がわからないと云っている。これらはなんのために書かれるのか。繰り返されるわからなさの正体はなんだろう。我々の世界像が言葉でできているとすれば、その外部は不可知。だからこそ、先ほどは現世の基本的な枠組みはほぼ確定済みと書いてしまったけど、枠組みの現状がどうあろうとも、言語レベルで覆される可能性は常に残されている。それは透明な革命のようなもの。もしかしたら、わからなさとは「革命前夜」の気配のことではないか。『うわさのベーコン』（猫田道子）をはじめとする異形の小説への作者の関心も、その気配への渇望に根ざしているのかもしれない。そう考える時、本書に溢れる逸脱感は、言葉で言葉の外に出ようとする意志の表れであり、世界への裏返しの希望のように見えてくる。

一九五一年（昭和二六年）
一月一日、高橋徹郎、節子の長男として生まれる。二歳下の弟俊二郎がいる。鉄工所を経営する高橋家は祖父母、親族、使用人が同居する大家族で、家長の祖父を中心とする古風な家庭だった。源一郎誕生の翌年、祖父が亡くなり、父が跡を継ぐ。青年時代は画家志望だった父は芸術家肌で実業家には不向きだった。
一九五九年（昭和三四年）　八歳
鉄工所が倒産。帝塚山の家屋敷を失い、夜逃げ同然で上京する。練馬区立大泉東小学校に転校する。程なく東京を引き払い尾道の母の実家に移り、土堂小学校に転校する。
一九六〇年（昭和三五年）　九歳
再度一家で上京。世田谷区立船橋小学校に転校する。
一九六三年（昭和三八年）　一二歳
四月、麻布中学校に入学する。秋、父の仕事の事情で一家離散。源一郎は尾道の母の実家に預けられる。祖母の意志で大阪に戻り、翌年一月に灘中学校に転校する。
一九六六年（昭和四一年）　一五歳
四月、灘高校に入学する。多才で個性的な友人たちとの出会いが「文学的な開眼」のきっかけとなる。灘中学・高校時代に鮎川信夫らの現代詩に惹かれ、ジャズ、映画、演劇に関心を抱く。八ミリ映画の制作を試み、演劇部で脚本を書き演出をする。政治的な関心も高く自ら組織を作ってデモに参加する。論考「民主主義中の暴力」を生徒会誌『鬼火』に発表する（『文芸』二〇〇六年五月に再録）。

一九六九年（昭和四四年）　一八歳

三月、灘高校を卒業。全国の大学で紛争が続き東大入試も中止になった。入学した横浜国立大学もスト中だった。学内闘争に加わり、経済学部に八年在学したが期間満了で除籍される。ラジカルな活動家の一人としてキャンパスに泊まりこみ、街頭デモに参加する。一一月、凶器準備集合罪等で逮捕され、家庭裁判所送りとなる。

一九七〇年（昭和四五年）　一九歳

二月に起訴され八月まで東京拘置所に拘置される。この間に重い「失語症」にかかる。

一九七一年（昭和四六年）　二〇歳

この年、結婚。

一九七二年（昭和四七年）　二一歳

土木作業現場でアルバイトを始める。以後一〇年間肉体労働に従事する。この年、女児誕生。離婚。結婚。

一九七三年（昭和四八年）　二二歳

この年、男児誕生。

一九七九年（昭和五四年）　二八歳

書くことを再開する。「失語症患者のリハビリテーション」の日々を送る。

一九八〇年（昭和五五年）　二九歳

第二四回群像新人文学賞に応募する。予選を通過した応募作「すばらしい日本の戦争」は最終選考（八一年四月）で厳しい批評を受ける。後に手を入れて「ジョン・レノン対火星人」と改題して『野性時代』（八三年一〇月）に発表。八五年に単行本を角川書店から刊行。この年、離婚。

一九八一年（昭和五六年）　三〇歳

五月、編集者の勧めで第四回群像新人長篇小説賞に応募。「さようなら、ギャングたち」が優秀作（受賞作なし）となる。選考委員ではないが吉本隆明ならば理解してくれると信じて仮想の読者に想定し、約二ヵ月間執筆に集中した。その吉本が「マスイメージ1―変成論」（『海燕』八二年三月）で絶賛し、高橋は注目される。

一九八二年（昭和五七年）　三一歳

八月、『野性時代』に「小説まで、コーヒーあと一杯」（～八四年一一月）の連載を開始。肉体労働をやめ執筆に専心、第三作目の小説「虹の彼方に」と向き合う。

一九八四年（昭和五九年）　三三歳

五月、谷川俊太郎、ねじめ正一との鼎談「〈私〉からの脱出」（『現代詩手帖』）。「虹の彼方に」を『海』終刊号に発表、単行本を中央公論社から刊行。六月、吉本隆明との対談「言葉の現在」（『ＳＡＧＥ』）。一一月、栗本慎一郎との対談「言葉の臨界点」（『現代詩手帖』）。一二月、『野性時代』に「大きな栗の木の下で」（～八五年一二月）の連載を開始。

一九八五年（昭和六〇年）　三四歳

六月、野々村文宏との対談「アイドルする〈い・ま〉」（『現代詩手帖』）。エッセイ・対談をまとめた『ぼくがしまうま語をしゃべった頃』をＪＩＣＣ出版局から刊行。七月、渋谷陽一、山川健一との鼎談「十九歳は輝いていたか」（『早稲田文学』）。九月、「映画のセットのような文学」でイタロ・カルヴィーノについて語る（『ユリイカ』）。一〇月、柄谷行人、渡部直己との鼎談「阪神優勝を『哲学』する」（『朝日ジャーナル』一八日号）。一一月、『文芸』に「優雅で感傷的な日本野球」（～八七年一一月）の連載を開始、改稿して、単行本を八八年に河出書房新社から刊行。一二月、越川芳明との対談「アメリカ・

ポストモダンの今―ロバート・クーパー『ユニヴァーサル野球協会』をめぐって」（『スタジオ・ボイス』一二月号・翌年一月号に分載）。この年、結婚。

一九八六年（昭和六一年）　三五歳

八月、島田雅彦との対談「物語作者が明かす〝読書栄養学〟」（『朝日ジャーナル』八日号）。この年、雑誌取材と新婚旅行をかねてオーストラリアへ行く（五月）。山川直人監督の映画『ビリィ★ザ★キッドの新しい夜明け』（PARCO製作）の原案・脚本に携わる。

一九八七年（昭和六二年）　三六歳

二月、エッセイをまとめた『ジェイムス・ジョイスを読んだ猫』を講談社から刊行。四月、『野性時代』に「新・博物誌」（～九〇年四月）の連載を開始。五月、柳瀬尚紀との対談「フィネガン語を読み解く喜び」（『現代詩手帖』）。九月、浅田彰との対談「新教養主義のススメ」（『マリ・クレール』）。

一九八八年（昭和六三年）　三七歳

一月、青野聰、江中直紀、青山南との座談会「外国文学の現在」（『海燕』）。三月、『海燕』の「文芸時評」（～八九年二月）を担当、単行本『文学がこんなにわかっていいかしら』にまとめて、八九年に福武書店から刊行。四月、加藤典洋、竹田青嗣との鼎談「批評は今なぜ、むずかしいか」（『文学界』）。紅野謙介、清水良典との鼎談「アンソロジーの可能性」（『ちくま』）。五月、『優雅で感傷的な日本野球』で第一回三島由紀夫賞を受賞。選考委員の江藤淳が「言葉の魔術師の出現」と高く評価する。八月、蓮實重彥との対談「天使たちへのサイン」（『国文学・解釈と教材の研究』）。金井美恵子との対談「小説をめぐって」（『群像』）。九月、吉本隆明との対談「なぜ太宰治は死なないか」（『新潮』）。この年、松山市が創設した坊っちゃん文学賞（第一回

～一五回）、すばる文学賞（第一二～一五回）の選考委員となる。『サンケイスポーツ』の競馬予想コラムを担当。以後、競馬関係の連載が増える。

一九八九年（昭和六四年・平成元年）三八歳
一月、『すばる』に「高橋源一郎の今月のBEST10」（～一二月）の連載を開始。二月、井上ひさし、島田雅彦との鼎談「そして、明日はどうなるか」（『新潮』臨時増刊）。四月、『SWITCH』に「追憶の一九八九年」（～九〇年三月）の連載を開始、単行本を九〇年スイッチ・コーポレイション書籍出版部から刊行。六月、『すばる』に「ペンギン村に陽は落ちて」を発表、単行本を集英社から刊行。一〇月、『朝日ジャーナル』に「私の読書日記」（～一一月）を連載。一一月、『ちくま』に「ぼくの好きな外国の作家たち」（～九〇年一一月）を連載。一二月、富岡幸一郎のインタビューに応えて「高橋源一郎と『ペンギン村に陽は落ちて』」（『すばる』）。この年、新設された日本ファンタジーノベル大賞の選考委員となる。

一九九〇年（平成二年）三九歳
一月、島田雅彦との対談「小説の解体から再生へ」（『海燕』）。六月、ジョン・バース、志村正雄との鼎談「新しい千年期への知性」（『すばる』）。九月、谷川俊太郎、大岡信との鼎談「いま、詩は」（『国文学・解釈と教材の研究』）。大江健三郎との対談「現代文学への通路」（『新潮』）。一二月、水村美苗との対談「『続明暗』と小説の行為」（『すばる』）。この年、吉本ばなな原作、市川準監督の映画「つぐみ」（松竹製作）に友情出演。小学館漫画賞の選考委員となる。

一九九一年（平成三年）四〇歳
一月、『朝日新聞』の「文芸時評」（～九二年三月）を担当、単行本にまとめて『文学じゃないかもしれない症候群』を九二年に朝日新聞社から刊行。五月、『日経アドレ』に「燃えて！　近代文学トライアル」（〜九四年一月）の連載を開始。九月、荻野アンナとの対談「小説の極北をめざして」（『文学界』）。この年、湾岸戦争に際して中上健次らとともに声明「私は、日本国家が戦争に加担することに反対します」を発表（二月）。五月から六月にかけてダービー取材のため英国に行き、作家ジュリアン・バーンズにインタビューする。

一九九二年（平成四年）　四一歳

五月、『柄谷行人&高橋源一郎』（『群像』臨時増刊）が刊行される。同誌に「ゴーストバスターズ」の第一部を発表。一挙掲載の予定だったが完成しなかった。一一月、古井由吉、高橋直子との鼎談「競馬場で会おう」（『太陽』）。一二月、伊井直行、吉目木晴彦、笙野頼子、保坂和志との座談会「いま、作家であること」（『群像』）。この年、三島由紀夫賞（第五〜八回）の選考委員となる。

一九九三年（平成五年）　四二歳

一〇月、『週刊朝日』に「退屈な読書」（〜九四年六月）の連載を開始。一一月、CDブック『ぼくの好きな作家たち』を刊行。この年、児童を対象にしたウゴウゴ文学賞の審査員となる。

一九九四年（平成六年）　四三歳

一月、「高橋源一郎自身による高橋源一郎スペシャル」（『月刊カドカワ』）が刊行され、自作を解説。この年、群像新人文学賞の選考委員（第三八〜四〇回）、朝日新人文学賞選考委員（第六〜八回）となる。日本テレビのスポーツ報道番組「スポーツうるぐす」のサブ・キャスターとなる。

一九九五年（平成七年）　四四歳

一月、「退屈な読書」（『週刊朝日』）の連載を再開する。四月、古井由吉との対談「表現の日本語」（『群像』）。六月、山田詠美、島田雅彦らと自作の朗読会「VOICE　SASHIMI―カタリ派誕生！」（於渋谷ジァンジァン）を開く。この頃から絵本の翻訳も手がける。

一九九六年（平成八年）　四五歳

一月、金井美恵子、芳川泰久との鼎談「小説の力」（『群像』）。『波』に「ゴヂラ」（～一二月）の連載を開始。大幅に加筆、構成を変更し、単行本を二〇〇一年に新潮社から刊行。

一九九七年（平成九年）　四六歳

五月、『群像』に「日本文学盛衰史」（～二〇〇〇年一一月）の連載を開始、単行本を〇一年に講談社から刊行。六月、執筆に七年近くかかっていた『ゴーストバスターズ』を構想の半分ほどに縮小して完成させ講談社から刊行。これを期に完璧を追求する創作姿勢に区切りをつけ精力的に複数の連載小説に挑む。八月、渡部直己との対談「面談文芸時評'97―『ナイスなもの』の行方」（『文芸』）。一〇月、阿部和重との対談「あたらしいぞ私達は。」（『すばる』）。

一九九八年（平成一〇年）　四七歳

二月、『週刊女性』に初めて現場取材をした小説「あ・だ・る・と」（～一一月）の連載を開始、単行本を九九年に主婦と生活社から刊行。一〇月、すばる文学カフェ（自作朗読会）に島田雅彦と出演。この年、父徹郎が亡くなる（五月）。胃潰瘍による大量出血で血液の四割を失い昏倒、救急病院に搬送される（一一月）。

一九九九年（平成一一年）　四八歳

三月、小森陽一のインタビューに応えて「生きた文学史と漱石」（『小説トリッパー』）。六月、川村湊、成田龍一との鼎談「島尾敏雄の戦争文学を読む」（『小説トリッパー』）。この年、離婚。結婚。

二〇〇〇年（平成一二年）　四九歳

一月、『文学界』に「君が代は千代に八千代に」（～一二月）の連載を開始、単行本を〇二年に文芸春秋から刊行。三月、すばる文学カフェに室井佑月、奥泉光と出演。七月、柴田元幸、佐藤亜紀、若島正と座談会「R・パワーズは第二のピンチョンか?」（『文学界』）。九月、『明治の文学　第五巻』（筑摩書房）の『二葉亭四迷』の編集・解説を担当。『朝日新聞』に「官能小説家―明治文学偽史」（～〇一年六月）の連載を開始、単行本を〇二年に朝日新聞社から刊行。この年、NHKテレビ「課外授業ようこそ先輩」に出演、船橋小学校で授業をする。男児誕生。

二〇〇一年（平成一三年）　五〇歳

二月、奥泉光との対談「虚構へのセッションー」（『群像』）。八月、穂村弘との対談「明治から遠く離れて」（『群像』）。九月、関川夏央、加藤典洋との鼎談「明治百三十四年の座談会」（『新潮』）。この年、千葉大学で後期の非常勤講師として文学の講義を行う。離婚。

二〇〇二年（平成一四年）　五一歳

一月、『すばる』に「ミヤザワケンジ全集」（～〇四年一一月）の連載を開始、『ミヤザワケンジ・グレーテストヒッツ』に改題して単行本を〇五年に集英社から刊行。五月、『メフィスト』に「『名探偵』小林秀雄」。六月、『一億三千万人のための小説教室』（岩波新書）を刊行。『日本文学盛衰史』で第一三回伊藤整文学賞を受賞する。八月、三浦雅士との対談「文学の根拠」（『群像』）。神蔵美子との対談「恋愛体験が小説になるまで」（『中央公論』）。一〇月、『群像』に「メイキングオブ同時多発エロ」（～〇四年八月）の連載を開始。柴田元幸と対談「90年代以降翻訳文学ベスト30」（『文学界』）。一一月、水村美苗との対談「最初で最後の〈本格小説〉」（『新潮』）。一二月、『小説トリッパー』に「唯物論者の恋」の連載を開始。この年、テレビ撮影のため母節子と一緒に三三年ぶりに尾道を訪問（五月）。ドナルド・キーン・センターの客員としてコロンビア大学で一ヵ月ほど現代日本文学の講義をする（一〇月）。母が亡くなる（一二月）。

二〇〇三年（平成一五年）　五二歳

四月、古井由吉との対談「文学の成熟曲線」（『新潮』）。五月、「ボルヘスとナボコフの間」（『すばる』）。鶴見俊輔との対談「21世紀の『死霊』」（『群像』）。六月、大塚英志との対談「『歴史』と『ファンタジー』」（『小説トリッパー』）。七月、島田雅彦、井上ひさし、小森陽一との「座談会昭和文学史　昭和から平成へ」（『すばる』）。九月、保坂和志との対談「タイムマシンとしての小説」（『新潮』）。ドゥマゴサロン文学カフェで谷川俊太郎と対談し自作の詩を朗読。一〇月、『現代詩手帖特集版　高橋源一郎』が思潮社から刊行される。三浦雅士、瀬尾育生との鼎談「『豊かさ』の重層性―『吉本隆明全詩集』をめぐって」（『現代詩手帖』）。一二月、矢作俊彦との対談「小説家である運命」（『文学界』）。この年、結婚。

二〇〇四年（平成一六年）　五三歳

二月、『月刊PLAYBOY』に連載した日記を中心にエッセイ集『私生活』を集英社インターナショナルから刊行。六月、古井由吉、島田雅彦との鼎談「罰当たりな文士の懺悔」（『新潮』）。八月、『広告批評』の「特集高橋源一郎と若手作家たち」が刊行される。一〇月、『別冊世界』に「憲法第九条、その前に考えること、その後に考えること」。この年、文芸賞（第四一〜四四回）の選考委員となる。男児誕生。

二〇〇五年（平成一七年）　五四歳

一月、山田詠美と対談「『顰蹙』こそ文学」（『群像』）。『文学界』に「ニッポンの小説」（〜〇八年八月）の連載を開始、〇六年六月分までをまとめて単行本として文芸春秋から〇七年に刊行。二月、池澤夏樹、大塚英志との鼎談「言葉の問題としての憲法九条」（『広告批評』）。初めての漫画論集『読むそばから忘れていっても』を平凡社から刊行。三月、『すばる』に「銀河鉄道の彼方に」（～一一年二月）の連載を開始、単行本を集英社から一三年に刊行。四月、山田詠美、島田雅彦との鼎談「鬱蹙文学の力」（『群像』）。八月、山田詠美、中原昌也との鼎談「最後の文士」（『群像』）。一二月、山田詠美、車谷長吉との鼎談「微妙に往生際悪いですね」（『群像』）。この年、明治学院大学国際学部教授となる。中原中也賞（第一一回～二八回）の選考委員となる。

二〇〇六年（平成一八年）　五五歳

二月、三並夏との対談「フィクションの発見」（『文芸』）。三月、矢作俊彦との対談「喪失の先にあるもの」（『文学界』）。四月、三浦雅士、豊崎由美との鼎談「書評は『愛』と『闘い』だ！」（『論座』）。五月、「特集高橋源一郎」（『文芸』）が刊行される。同誌に短篇連作「動物の謝肉祭」を開始（～〇九年一一月）、連作の一部に加筆し『「悪」と戦う』を河出書房新社から一〇年に刊行。六月、『週刊現代』に「おじさんは白馬に乗って」（～〇九年七月）の連載を開始、一〇〇回分を単行本にまとめ〇八年に講談社から刊行。七月、『SIGHT』に社会時評「世界の中心でなんか、叫ぶ」の連載を開始。八月、第三回宮沢賢治国際研究大会で「賢治と胎児」を講演。九月、第一六回宮沢賢治賞を受賞する。一一月、保坂和志との対談「小説教室に飽きた人のための小説教室」（『文芸』）。この年、萩原朔太郎賞（第一三回～二二回）、野間文芸賞（第五九回～六九回）の選考委員となる。男児誕生。

二〇〇七年（平成一九年）　五六歳

一月、矢作俊彦、内田樹との鼎談「少年達の一九六九」(『すばる』)。二月、綿矢りさとの対談「21世紀版・日本の『感情教育』」(『文芸』)。四月、佐々木幹郎、伊藤比呂美との鼎談「『私』を超える抒情―中也、そして太宰、賢治」(『現代詩手帖』)。五月、保坂和志との対談「小説教室に飽きた人のための小説教室2」(『文芸』)。切通理作との対談「著者に聞く　高橋源一郎『ニッポンの小説―百年の孤独』」(『中央公論』)。七月、佐藤友哉と対談「文学への責務が残る」(『新潮』)。八月、斎藤美奈子との対談「なぜ、我々は政治を、社会を、日本を批評し続けるのか」(『SIGHT』)。この年、すばる文学賞(三一回〜四三回)の選考委員となる。

二〇〇八年(平成二〇年)　五七歳

二月、田中和生、東浩紀と鼎談「大討論　小説と評論の環境問題」(『新潮』二・三月号に分載)。三月、明治学院大学での講義をもとに「13日間で『名文』を書けるようになる方法」(〜〇九年六月)を『小説トリッパー』に連載開始、改稿して単行本を〇九年に朝日新聞出版から刊行。四月、「十一人大座談会ニッポンの小説はどこへ行くのか」の司会を担当(『文学界』)。瀬戸内寂聴、山田詠美との鼎談「顰蹙の昇華」(『群像』)。山田と共にゲストを迎えて行った鼎談をまとめ『顰蹙文学カフェ』を講談社から刊行。五月、斎藤美奈子との対談「この10年の小説を徹底検証!」(『文芸』)。八月、穂村弘と対談「小説と短歌の未来」(『文学界』)。平野啓一郎と対談「対話　二十一世紀の『人間』を書く」(『新潮』)。一〇月、町田康と対談「『次なる宿屋』を目指して」(『群像』)。第一回ガルシア＝マルケス会議で「日本文学におけるガルシア＝マルケスの影響」と題して講演。一一月、『あとん』に連載した小説に加筆修正を加え、『いつかソウル・トレインに乗る日まで』を集英社から刊行。この年、Ｂｕｎｋａ muraドゥマゴ文学賞（第一八回）、日経中編小説賞の選考委員となる。

二〇〇九年（平成二一年）　五八歳

二月、加藤典洋、関川夏央と鼎談「二十世紀の落とし子たちの文学」（『中央公論』）。柴田元幸との対談「『小説の読み方、書き方、訳し方』入門」（『文芸』）。四月、谷川俊太郎、イッセー尾形、天野祐吉とシンポジウム「意味と無意味の間で」（『広告批評』）。七月、平田オリザとの対談「追い風ゼロのリアル」（『図書』）。内田樹と対談「さよなら自民党。そして、こんにちは自民党⁉」（『SIGHT』）。八月、奥泉光と対談「戦後文学2009」（『群像』）。福岡伸一と対談「科学と文学のあいだ」（『本』）。一〇月、『群像』に「日本文学盛衰史　戦後文学篇」（～一二年六月）の連載を開始、単行本『今夜はひとりぼっちかい？　日本文学盛衰史　戦後文学篇』を講談社から一八年に刊行。一一月、内田樹と対談「ね！　政権交代っておもしろい」（『SIGHT』）。

二〇一〇年（平成二二年）　五九歳

一月、「さよならクリストファー・ロビン」（『新潮』）。二月、内田樹と対談「大丈夫か？民主党　何かヘンだぞ」（『SIGHT』）。内田樹との対談は『SIGHT』休刊（一七年三月）まで連載され、『沈む日本を愛せますか？』をロッキング・オンから一〇年に、『どんどん沈む日本をそれでも愛せますか？』をロッキング・オンから一二年に刊行。三月、『小説トリッパー』に「ぼくらの文章教室」（～一一年冬季号）の連載を開始、連載の一部をまとめ『非常時のことば　震災の後で』を朝日新聞出版から一二年に刊行。『新潮』の特集「小説家52人の2009年日記リレー」に寄稿。八月、東浩紀と対談「救済装置としての「小説」の可能性」（『文芸』）。この年、文芸賞（第四七～五〇回）の選考委員となる。

二〇一一年（平成二三年）　六〇歳

一月、「峠の我が家」(『新潮』)。二月、『さよなら、ニッポン　ニッポンの小説2』を文芸春秋から刊行。三月、米田夕歌里と対談「私に見える美しいものを小説にしたい」(『青春と読書』)。東日本大震災で感じたことの発信をツイッター(現・X)で行う。ツイッターの一連の投稿や当時発表した文章の一部をまとめ『「あの日」からぼくが考えている「正しさ」について』を河出書房新社から一二年に刊行。四月、「星降る夜に」(『新潮』)。糸井重里と対談「「さよなら」するもの、しないもの」(『文学界』)。『朝日新聞』の「論壇時評」を担当(〜一六年三月)、一五年三月までの時評をまとめ『ぼくらの民主主義なんだぜ』を朝日新聞出版から一五年に、一五年四月から一六年三月までの時評に他の時事エッセイを加え『丘の上のバカ　ぼくらの民主主義なんだぜ2』を朝日新聞出版から一六年に刊行。六月、「お伽草紙」、森村泰昌と対談「震災と言葉」(『新潮』)。八月、「アトム」(『群像』)、単行本を講談社から刊行。一一月、「恋する原発」(『群像』)、単行本を講談社から刊行。一二月、「ダウンタウンへ繰り出そう」(『新潮』)。内田樹と対談「吉本隆明と江藤淳―最後の「批評家」」(『中央公論』)。『本の時間』に「国民のコトバ」の連載を開始(〜一三年九月)、一三年二月分までをまとめ『国民のコトバ』を毎日新聞社から一三年に刊行。

二〇一二年(平成二四年)　六一歳

一月、インタビュー「『恋する原発』―処女作への回帰と小説家の本能」(『群像』)。二月、「動物の謝肉祭」(〜一三年五月)の連作を再開、今村友紀と対談「3・11以降の「リアル」」(『文芸』)。三月、開沼博と対談「「ポスト3・11」を描く」(『文学界』)。四月、『文学界』に「ニッポンの小説・第三部」(〜一四年九月)の連載を開始、単行本『「あの戦争」から「この戦争」へ　ニッポンの小説

3』にまとめ文芸春秋から一四年に刊行。NHKラジオ第一放送「すっぴん！」金曜日パーソナリティとなる（〜二〇年三月）。六月、「「戦後文学」の果ての果て」（『群像』）。七月、川上弘美と対談「未来の読者へ―「子ども」の小説と「原発」の小説を書いて」（『新潮』）。八月、『さよならクリストファー・ロビン』で第四八回谷崎潤一郎賞を受賞。九月、「ぼくらの文章教室」（『小説トリッパー』）、「ぼくらの文章教室」連載の『非常時のことば　震災の後で』未収録分と合わせ『ぼくらの文章教室〈番外編〉』としてまとめ朝日新聞出版から一三年に刊行。

二〇一三年（平成二五年）　六二歳

三月、『小説トリッパー』に「青少年のためのニッポン文学全集」（〜一四年一二月）の連載を開始。六月、池澤夏樹と対談「死者たちと小説の運命」（『新潮』）。七月、川上弘美と対談「大切なことはすべて夜に起こる」（『すばる』）。同じく川上弘美と対談「哀しさと健康と」（『ユリイカ』）。九月、UCカード会員誌『てんとう虫』に「お釈迦さま以外はみんなバカ」の連載を開始（〜一八年三月）、集英社インターナショナルから一八年に刊行。一〇月、角田光代、本谷有希子と鼎談「〈はじめての小説〉ができるまで」（『群像』）。この年、早稲田大学坪内逍遥大賞（第四〜六回）の選考委員となる。

二〇一四年（平成二六年）　六三歳

一月、「同級生」（『すばる』）。三月、小田嶋隆と対談「ポエムに気をつけろ！」（『新潮45』）。六月、「カフカの『変身』」（『新潮』）。七月、「その向こうにあるものは」（『波』）。八月、「ぼくの大好きな詩たちのこと」を編む（『群像』）。一〇月、加藤典洋と対談「沈みかかった船の中で生き抜く方法」（『新潮』）。一二月、「物語は終わらない―瀬戸内寂聴『死に支度』を読む」（『群像』）。

二〇一五年（平成二七年）　六四歳
二月、『文芸』に「一億三千万人のための「論語」教室」（〜一九年二月）の連載を開始、河出書房新社から一九年に刊行。四月、連作「動物の謝肉祭」の一部をまとめ『動物記』を河出書房新社から刊行。『毎日新聞』の「人生相談」を担当。五月、小野正嗣と対談「不自然に惹かれて」（『早稲田文学』）。八月、赤川次郎と対談「僕らが聞いた戦争は「数」でも「情報」でもない」（『すばる』）。九月、瀬戸内寂聴と対談「言葉の危機に抗って」（『群像』）。阿部和重、佐々木敦と座談会「社会と文学―20年と震災後の小説たち」（『小説トリッパー』）。一〇月、「M氏のこと」（『すばる』）。この年、群像新人文学賞（第五八〜六三回）の選考委員となる。
二〇一六年（平成二八年）　六五歳
三月、奥泉光、島田雅彦と鼎談「30年後の世界―作家の想像力」（『群像』）。八月、『すばる』に「ぼくたちはこの国をこんなふうに愛することに決めた」（〜一七年六月）の連載を開始。九月、「丘の上のバカ」（『小説トリッパー』）。一二月、関川夏央と対談「『坊っちゃん』の青春、現代の青春」（『文学界』）。
二〇一七年（平成二九年）　六六歳
二月、伊藤比呂美、町田康と鼎談「虐げられし者たちの調べ」（『文学界』）。五月、『月刊ゆきほたる』（南アルプス子どもの村小中学校の中学生が編集する雑誌）に「本はたいせつなぼくの友だち」（その後「ぼくの大好きな「先生」」、「ゲンちゃんの「ゆびおり」文学館」とタイトルは変遷）連載を開始。七月、『朝日小学生新聞』に「ゆっくりおやすみ、樹の下で」の連載を開始（〜九月）、単行本を朝日新聞出版から一八年に刊行。リレーエッセイ企画「私と大江健三郎」で「オオエー」（『群像』）。この年、野間文芸新人賞

（第三九回〜）の選考委員となる。

二〇一八年（平成三〇年）　六七歳

一月、「詩の授業」（『すばる』）。四月、『新潮』に「ヒロヒト」（〜二二年三月、第一部・完）の連載を開始。六月、平田オリザと対談「文学のことば、演劇のことば」（Webマガジン『考える人』）。八月、尾崎世界観と対談「偽物の小説家」（『文芸』）。九月、平野啓一郎、尾崎真理子と鼎談「大江文学の面白さをとことん語りつくす！」（『群像』）。一一月、「「文藝評論家」小川榮太郎氏の全著作を読んでおれは泣いた」（『新潮』）。平田オリザと対談「滅びゆく文学、しぶとい文学」（『群像』）。一二月、「まともであること」（『波』）。この年、『日本文学盛衰史』を原作とする青年団の演劇（平田オリザ作・演出）が上演された。

二〇一九年（平成三一・令和元年）　六八歳

一月、金子薫と対談「小説世界をつくり出す架空の言葉たち」（『群像』）。戯曲『日本文学盛衰史』（平田オリザ作、原作高橋源一郎）が第二二回鶴屋南北戯曲賞受賞。三月、第七〇回日本放送協会放送文化賞受賞。四月、「ありがと、じゃあね―追悼・橋本治」（『新潮』）。五月、池澤夏樹と対談「なぜ今、天皇を書くのか―戦後の終わりと天皇文学の現在地」（『文芸』）。斎藤美奈子と対談「平成の小説を振り返る」（『すばる』）。六月、『小説トリッパー』に「たのしい知識」の連載を開始。九月、『すばる』に「この素晴らしき世界」（〜二三年九月）の連載を開始。「彼は私に人が死ぬということがどういうことであるかを教えてくれた」（『群像』）。講演「江藤淳になりたかった」（『新潮』）。この年、明治学院大学国際学部教授を定年退職し、名誉教授となる。

二〇二〇年（令和二年）　六九歳

一月、「カズイスチカ」（『群像』）。ウェブマガジン『集英社学芸の森』に「読むダイエット」の連載を開始（〜二三年八月）。二月、『毎日新聞』の「人生相談」からセレクトした単行本『誰にも相談できません　みんなのなやみ　ぼくのこたえ』を毎日新聞出版から刊行。続篇の『居場所がないのがつらいです　みんなのなやみ　ぼくのこたえ』を毎日新聞出版から二二年に刊行。三月、伊藤比呂美、尾崎真理子、平野啓一郎とシンポジウム「いま、瀬戸内寂聴の文学に立ち向かう」（『群像』）。四月、NHKラジオ第一放送「高橋源一郎の飛ぶ教室」パーソナリティとなる。番組で読み上げるエッセイをまとめ『高橋源一郎の飛ぶ教室　はじまりのことば』を岩波書店から二二年に刊行。九月、「ダン吉の戦争」（『群像』）。『サンデー毎日』で「これは、アレだな」の連載を開始、『これは、アレだな』を毎日新聞出版から二二年に、『だいたい夫が先に死ぬ　これも、アレだな』を毎日新聞出版から二三年に刊行。一〇月、『ホームクラブ』（ミサワホーム広報誌）に「文学のなかの住まい」の連載を開始。この年、三島由紀夫賞（第三三〜三六回）の選考委員となる。

二〇二一年（令和三年）　七〇歳

三月、「競馬場の人」（『群像』）。九月、「読むダイエット」（『新潮』）。一〇月、「オオカミの」（『群像』）。一一月、斎藤真理子と対談「聞書には、闘いのすべてがある—森崎和江・石牟礼道子・藤本和子」（『文芸』）。一二月、穂村弘と対談「「ギャングたち」のゆくえ」（『群像』）。

二〇二二年（令和四年）　七一歳

一二月、ETV特集（NHK Eテレ）「子どもたちのために（マジ時々笑）」出演。

二〇二三年（令和五年）　七二歳

二月、「また見つかった、なにが、寺山修司が！」（『波』）。「おおぐま座のゼータ」（『一冊の本』)。一一月、『群像』に「オオカミの」の連載を開始。

(若杉美智子編／二〇一〇年二月以降編集部編)

著書目録

高橋源一郎

【単行本】

さようなら、ギャングたち　昭57・10　講談社
虹の彼方に　昭59・8　中央公論社
泳ぐ人＊　昭59・11　冬樹社
ジョン・レノン対火星人　昭60・1　角川書店
ぼくがしまうま語をしゃべった頃　昭60・6　ＪＩＣＣ出版局
朝、起きて、君には言うことが何もないなら＊　昭61・8　講談社
ジェイムス・ジョイスを読んだ猫　昭62・2　講談社
優雅で感傷的な日本野球　昭63・3　河出書房新社
文学がこんなにわかっていいかしら　平元・4　福武書店
ペンギン村に陽は落ちて　平元・10　集英社
追憶の一九八九年　平2・4　スイッチ・コーポレイション書籍出版部
惑星Ｐ-13の秘密　平2・11　角川書店
競馬探偵の憂鬱な月曜日　平3・11　ミデアム出版社

中吊り小説＊　平3・12　新潮社
文学じゃないかもしれない症候群　平4・8　朝日新聞社
文学王　平5・4　ブロンズ新社
平凡王　平5・6　ブロンズ新社
競馬探偵のいちばん熱い日　平5・10　ミデアム出版社
ぼくの好きな作家たち（CDブック）　平5・11　スペース・イマ
正義の見方　平6・6　徳間書店
網浜直子写真集　ラヴレター＊　平6・12　風雅書房
競馬探偵の逆襲　平7・9　ミデアム出版社
On the turf 1〜3＊　平7・10　ダイヤモンド社
これで日本は大丈夫　平7・12　徳間書店
こんな日本でよかったら　平8・4　朝日新聞社
タカハシさんの生活と意見　平8・6　東京書籍
スポーツうるぐす夢野球＊　平8・6　日本テレビ放送網
競馬漂流記　平8・12　ミデアム出版社
「夢競馬」奮戦記＊　平9・3　日本テレビ放送網
ゴーストバスターズ冒険小説　平9・6　講談社
いざとなりゃ本ぐらい読むわよ　平9・11　朝日新聞社
競馬探偵T氏の事件簿　平10・4　読売新聞社
文学なんかこわくない　平10・10　朝日新聞社
即効ケイバ源一郎の法則　平10・10　青春出版社
あ・だ・る・と　平11・3　主婦と生活社
退屈な読書　平11・4　朝日新聞社
もっとも危険な読書　平13・4　朝日新聞社

日本文学盛衰史　平13・5　講談社
ゴヂラ　平13・12　新潮社
官能小説家　平14・2　朝日新聞社
サヨナラだけが人生だ＊　平14・3　恒文社21
君が代は千代に八千代に　平14・5　文芸春秋
一億三千万人のための小説教室　平14・6　岩波書店
日本語を生きる＊　平15・2　岩波書店
現代詩手帖特集版　高橋源一郎＊　平15・10　思潮社
私生活　平16・2　集英社インターナショナル
性交と恋愛にまつわるいくつかの物語　平17・1　朝日新聞社
読むそばから忘れていっても　平17・2　平凡社
ミヤザワケンジ・グレーテストヒッツ　平17・5　集英社
ニッポンの小説　百年の孤独　平19・1　文芸春秋
饕餮文学カフェ＊　平20・6　講談社
いつかソウル・トレインに乗る日まで　平20・11　集英社
おじさんは白馬に乗って　平20・11　講談社
大人にはわからない日本文学史　平21・2　岩波書店
柴田さんと高橋さんの「小説の読み方、書き方、訳し方」＊　平21・3　河出書房新社
ことばの見本帖＊　平21・7　岩波書店
13日間で「名文」を書けるようになる方法　平21・9　朝日新聞出版
「悪」と戦う　平22・5　河出書房新社
沈む日本を愛せますか？＊　平22・12　ロッキング・オン

さよなら、ニッポン　ニッポンの小説2　平23・2　文芸春秋
恋する原発　平23・11　講談社
「あの日」からぼくが考えている「正しさ」について　平24・2　河出書房新社
さよならクリストファー・ロビン　平24・4　新潮社
どんどん沈む日本をそれでも愛せますか？＊　平24・6　ロッキング・オン
非常時のことば　震災の後で　平24・8　朝日新聞出版
やっぱりふしぎなキリスト教＊　平24・12　左右社
国民のコトバ　平25・3　毎日新聞社
ぼくらの文章教室　平25・4　朝日新聞出版
吉本隆明がぼくたちに遺したもの＊　平25・5　岩波書店
銀河鉄道の彼方に　平25・6　集英社
一〇一年目の孤独　希望の場所を求めて　平25・12　岩波書店
弱さの思想　たそがれを抱きしめる＊　平26・2　大月書店
還暦からの電脳事始　平26・7　毎日新聞社
「あの戦争」から「この戦争」へ　ニッポンの小説3　平26・12　文芸春秋
デビュー作を書くための超「小説」教室　平27・3　河出書房新社
動物記　平27・4　河出書房新社
ぼくらの民主主義なんだぜ　平27・5　朝日新聞出版
民主主義ってなんだ？＊　平27・9　河出書房新社
丘の上のバカ　ぼくらの民主主義なんだぜ2　平28・11　朝日新聞出版

読んじゃいなよ！　明治学院大学国際学部高橋源一郎ゼミで岩波新書をよむ　平28・11　岩波書店

現代作家アーカイヴ1　自身の創作活動を語る＊　平29・10　東京大学出版会

ぼくたちはこの国をこんなふうに愛することに決めた　平29・12　集英社

お釈迦さま以外はみんなバカ　平30・6　集英社インターナショナル

ゆっくりおやすみ、樹の下で　平30・6　朝日新聞出版

今夜はひとりぼっちかい？　日本文学盛衰史　戦後文学篇　平30・8　講談社

「雑」の思想　世界の複雑さを愛するために＊　平30・11　大月書店

メディアと私たち　別冊ＮＨＫ100分de名著＊　平30・12　ＮＨＫ出版

支配の構造　国家とメディア――世論はいかに操られるか＊　令元・7　ＳＢクリエイティブ

答えより問いを探して　17歳の特別教室　令元・8　講談社

一億三千万人のための『論語』教室　令元・10　河出書房新社

誰にも相談できません　みんなのなやみ　ぼくのこたえ　令2・2　毎日新聞出版

「読む」って、どんなこと？　ＮＨＫ出版　学びのきほん　令2・7　ＮＨＫ出版

たのしい知識　ぼくらの天皇（憲法）・汝の隣人・コロナの時代　令2・9　朝日新聞出版
弱さの研究　「弱さ」で読み解くコロナの時代＊　令2・11　くんぷる
「ことば」に殺される前に　令3・5　河出書房新社
「あいだ」の思想　セパレーションからリレーションへ＊　令3・6　大月書店
この30年の小説、ぜんぶ　読んでしゃべって社会が見えた＊　令3・12　河出書房新社
これは、アレだな　令4・2　毎日新聞出版
失われたTOKIOを求めて　令4・4　集英社インターナショナル
居場所がないのがつらいです　みんなのなやみ　ぼくのこたえ　令4・7　毎日新聞出版
パンデミックを超えて　別冊NHK100分de名著＊　令4・7　NHK出版
太宰治　斜陽　名もなき「声」の物語　令4・7　NHK出版
ぼくらの戦争なんだぜ　令4・8　朝日新聞出版
高橋源一郎の飛ぶ教室　はじまりのことば　令4・11　岩波書店
だいたい夫が先に死ぬ　これも、アレだな　令5・7　毎日新聞出版

【翻訳】
ブライト・ライツ、ビッグ・シティ（ジェイ・マキナニー）　昭63・1　新潮社
ロンメル進軍（リチャード・ブローティガン）　平3・11　思潮社
こっちをむいてよ、ピート！（マーカス・フィスター）　平7・12　講談社
あかちゃんカラスはうたったよ（ジョン・ロウ）　平8・2　講談社
ピートとうさんとテイムぼうや（マーカス・フィスター）　平8・9　講談社
アルマジロがアルマジロになったわけ（ジョン・ロウ）　平10・3　講談社
まっくろスマッジ（ジョン・ロウ）　平12・12　講談社
日本文学全集07＊方丈記（鴨長明）　平28・11　河出書房新社

【文庫】
さようなら、ギャングたち（解＝加藤典洋）　平9　文芸文庫
ジョン・レノン対火星人（解＝内田樹）　平16　文芸文庫
優雅で感傷的な日本野球　平18　河出文庫
ゴーストバスターズ　冒険小説（解＝奥泉光）　平22　文芸文庫
ニッポンの小説　百年の孤独（解＝川上弘美）　平24　ちくま文庫
小説の読み方、書き方、訳し方＊　平25　河出文庫

「悪」と戦う 平25 河出文庫
非常時のことば 震災の後で 平28 朝日文庫
恋する原発 平29 河出文庫
銀河鉄道の彼方に（エ＝最果タヒ） 平29 集英社文庫
間違いだらけの文章教室 平31 朝日文庫
一〇一年目の孤独 希望の場所を求めて 令2 岩波現代文庫
5と3／4時間目の授業 令4 講談社文庫
誰にも相談できません みんなのなやみ ぼくのこたえ 令5 毎日文庫

原則として編著、再刊本は入れなかった。／＊は共著を示す。／【文庫】は二〇二三年一一月一日現在新刊書店で入手可能なものに限った。

（ ）内の解は解説、エは巻末エッセイを示す。

（作成・若杉美智子、編集部）

本書は、二〇〇五年九月刊行の文春文庫版を底本とし、著者による校閲を経ました。

Kodansha Bungei bunko

君《きみ》が代《よ》は千《ち》代《よ》に八《や》千《ち》代《よ》に

高橋源一郎《たかはしげんいちろう》

2023年12月8日第1刷発行

発行者……高橋明男
発行所……株式会社 講談社
〒112-8001 東京都文京区音羽2・12・21
電話 編集（03）5395・3513
販売（03）5395・5817
業務（03）5395・3615

デザイン……水戸部 功
印刷……株式会社ＫＰＳプロダクツ
製本……株式会社国宝社
本文データ制作……講談社デジタル製作

ISBN978-4-06-533910-7

庄野潤三 — 夕べの雲	阪田寛夫——解／助川徳是——案
庄野潤三 — ザボンの花	富岡幸一郎-解／助川徳是——年
庄野潤三 — 鳥の水浴び	田村 文——解／助川徳是——年
庄野潤三 — 星に願いを	富岡幸一郎-解／助川徳是——年
庄野潤三 — 明夫と良二	上坪裕介——解／助川徳是——年
庄野潤三 — 庭の山の木	中島京子——解／助川徳是——年
庄野潤三 — 世をへだてて	島田潤一郎-解／助川徳是——年
笙野頼子 — 幽界森娘異聞	金井美恵子-解／山﨑眞紀子-年
笙野頼子 — 猫道 単身転々小説集	平田俊子——解／山﨑眞紀子-年
笙野頼子 — 海獣|呼ぶ植物|夢の死体 初期幻視小説集	菅野昭正——解／山﨑眞紀子-年
白洲正子 — かくれ里	青柳恵介——人／森 孝一——年
白洲正子 — 明恵上人	河合隼雄——人／森 孝一——年
白洲正子 — 十一面観音巡礼	小川光三——人／森 孝一——年
白洲正子 — お能|老木の花	渡辺 保——人／森 孝一——年
白洲正子 — 近江山河抄	前 登志夫——人／森 孝一——年
白洲正子 — 古典の細道	勝又 浩——人／森 孝一——年
白洲正子 — 能の物語	松本 徹——人／森 孝一——年
白洲正子 — 心に残る人々	中沢けい——人／森 孝一——年
白洲正子 — 世阿弥 ——花と幽玄の世界	水原紫苑——人／森 孝一——年
白洲正子 — 謡曲平家物語	水原紫苑——解／森 孝一——年
白洲正子 — 西国巡礼	多田富雄——解／森 孝一——年
白洲正子 — 私の古寺巡礼	高橋睦郎——解／森 孝一——年
白洲正子 — [ワイド版]古典の細道	勝又 浩——人／森 孝一——年
鈴木大拙訳 - 天界と地獄 スエデンボルグ著	安藤礼二——解／編集部——年
鈴木大拙 — スエデンボルグ	安藤礼二——解／編集部——年
曽野綾子 — 雪あかり 曽野綾子初期作品集	武藤康史——解／武藤康史——年
田岡嶺雲 — 数奇伝	西田 勝——解／西田 勝——年
高橋源一郎 - さようなら、ギャングたち	加藤典洋——解／栗坪良樹——年
高橋源一郎 - ジョン・レノン対火星人	内田 樹——解／栗坪良樹——年
高橋源一郎 - ゴーストバスターズ 冒険小説	奥泉 光——解／若杉美智子-年
高橋源一郎 - 君が代は千代に八千代に	穂村 弘——解／若杉美智子・編集部-年
高橋たか子 - 人形愛|秘儀|甦りの家	富岡幸一郎-解／著者——年
高橋たか子 - 亡命者	石沢麻依——解／著者——年
高原英理編 - 深淵と浮遊 現代作家自己ベストセレクション	高原英理——解

▶解=解説　案=作家案内　人=人と作品　年=年譜を示す。　2023年12月現在

小島信夫	抱擁家族	大橋健三郎―解／保昌正夫―案
小島信夫	うるわしき日々	千石英世―解／岡田 啓―年
小島信夫	月光|暮坂 小島信夫後期作品集	山崎 勉―解／編集部―年
小島信夫	美濃	保坂和志―解／柿谷浩一―年
小島信夫	公園|卒業式 小島信夫初期作品集	佐々木 敦―解／柿谷浩一―年
小島信夫	各務原・名古屋・国立	高橋源一郎―解／柿谷浩一―年
小島信夫	[ワイド版]抱擁家族	大橋健三郎―解／保昌正夫―案
後藤明生	挾み撃ち	武田信明―解／著者―年
後藤明生	首塚の上のアドバルーン	芳川泰久―解／著者―年
小林信彦	[ワイド版]袋小路の休日	坪内祐三―解／著者―年
小林秀雄	栗の樹	秋山 駿―人／吉田凞生―年
小林秀雄	小林秀雄対話集	秋山 駿―解／吉田凞生―年
小林秀雄	小林秀雄全文芸時評集 上・下	山城むつみ―解／吉田凞生―年
小林秀雄	[ワイド版]小林秀雄対話集	秋山 駿―解／吉田凞生―年
佐伯一麦	ショート・サーキット 佐伯一麦初期作品集	福田和也―解／二瓶浩明―年
佐伯一麦	日和山 佐伯一麦自選短篇集	阿部公彦―解／著者―年
佐伯一麦	ノルゲ Norge	三浦雅士―解／著者―年
坂口安吾	風と光と二十の私と	川村 湊―解／関井光男―案
坂口安吾	桜の森の満開の下	川村 湊―解／和田博文―案
坂口安吾	日本文化私観 坂口安吾エッセイ選	川村 湊―解／若月忠信―年
坂口安吾	教祖の文学|不良少年とキリスト 坂口安吾エッセイ選	川村 湊―解／若月忠信―年
阪田寛夫	庄野潤三ノート	富岡幸一郎―解
鷺沢 萠	帰れぬ人びと	川村 湊―解／著者、オフィスめめ―年
佐々木邦	苦心の学友 少年俱楽部名作選	松井和男―解
佐多稲子	私の東京地図	川本三郎―解／佐多稲子研究会―年
佐藤紅緑	ああ玉杯に花うけて 少年俱楽部名作選	紀田順一郎―解
佐藤春夫	わんぱく時代	佐藤洋二郎―解／牛山百合子―年
里見弴	恋ごころ 里見弴短篇集	丸谷才一―解／武藤康史―年
澤田 謙	プリューターク英雄伝	中村伸二―年
椎名麟三	深夜の酒宴|美しい女	井口時男―解／斎藤末弘―年
島尾敏雄	その夏の今は|夢の中での日常	吉本隆明―解／紅野敏郎―案
島尾敏雄	はまべのうた|ロング・ロング・アゴウ	川村 湊―解／柘植光彦―案
島田雅彦	ミイラになるまで 島田雅彦初期短篇集	青山七恵―解／佐藤康智―年
志村ふくみ	一色一生	高橋 巖―人／著者―年